とある魔術の禁書目録《インデックス》

鎌池和馬

イラスト／灰村キヨタカ

「うわっうわっ……！」
学園都市の高校生――上条当麻（かみじょうとうま）

「——おなかへった」

謎の純白少女——インデックス

「アンタがムカつくから悪いのよっ！」
学園都市・常盤台中学の生徒――御坂美琴（みさかみこと）

「……あー、またかビリビリ中学生」

「この期に及んでまだ悪あがきを――!」
魔術師――ステイル・マグヌス
「そんな、なんであの子が魔術を……!」
魔術師――神裂火織（かんざきかおり）

「テメェは、インデックスを
助けたくないのかよ！」

contents

「おーけーですかー?」
上条当麻の担任――月詠小萌(つくよみこもえ)

とある魔術の禁書目録《インデックス》

鎌池和馬
イラスト・灰村キヨタカ

デザイン・渡邊宏一

序章　幻想殺しの少年のお話　The_Imagine-Breaker.

「——ええい！　くそっ！　くそっ！　あーもうちくしょー不幸すぎますーっ!!」

我ながら変態じみた叫び声だと思いつつも上条当麻《かみじょうとうま》は凄《すさ》まじい逃げ足を止めようとしない。

深夜の裏路地を走り抜けながら、チラリと背後を振り返ってみる。

八人。

もうかれこれ二キロ近く走り回っているのに、まだ八人。無論、元外国人部隊のコックさんでもなければ現代まで生き残った機甲忍者《サイバー》でもない上条当麻にはこの人数相手にケンカをしたって勝ち目はない。元より、高校生同士のケンカなんて一対三を越えたら話にならない。実力うんぬん以前にまず『無理』だ。

薄汚れたポリバケツを蹴飛《けと》ばし、黒猫を追い払うように上条は走り続ける。

七月十九日。

そう、七月十九日が悪いのだ。明日っから夏休みだーっ！　などと尋常ではないハイな気持ちになったからこそ、書店では表紙を一目見ただけで地雷と分かるマンガを手に取り、お腹《なか》もすいてないのに一丁豪華に無駄食いするかーっ！　とファミレスへ入り、明らかに酔っ払った不良に絡まれる中学生ぐらいの女の子を見て、思わず助けてやっかなー、とか常軌を逸した思考回路が働いてしまったのだ。

　まさかトイレからぞろぞろ仲間が出てくるとは思わなかった。

　集団でトイレへ行くのは女の子の特権だと思っていました、はい。

「……結局頼んでた苦瓜《ゴーヤ》と蝸牛《エスカルゴ》の地獄ラザニアくる前に飛び出しちまったし、まだ食ってもないのに食い逃げ扱いされてるし。あーもう何なんですかこの不幸は!?」

　ぐぎゃあ！　と頭をかきむしりながら上条は裏路地から表通りへ一気に飛び出す。

　月明かりの降りる『学園都市』は、東京都の三分の一ほどの大きさを持つにも関《かか》わらず、どこもかしこもびっしりとカップルだらけだった。きっと七月十九日だ。七月十九日が悪いんだと独り身の上条は心の中で絶叫する。あちこちに立つ風力発電の三枚プロペラが青白い月明かりと夜景の光を浴びて独身貴族が流す涙みたいにギラギラ光っている。

　上条はカップル達を引き裂くように夜の街を突っ走る。

　走りつつ、チラリと自分の右手を見た。そこに宿る力も、こんな状況では何の役に立たない。不良の一人も倒せないし、テストの点も上がらなければ女の子にモテたりもしない。

「うう、不幸だーっ！」

　不良の『集団』を完全に振り切ると、上条を見失った相手がケータイを使って増援《ぞうえん》を呼んだりバイクを持ってきたりしてしまうかもしれない。あくまで『スタミナ切れ』でぶっ倒れていただくためには、適度に上条当麻《かみじょうとうま》という『エサ』をちらつかせて相手を走らせ疲れさせるしかない。言うなればボクシングでわざと相手に殴らせまくって体力を奪うようなものだ。

上条の目的はあくまで『人助け』なのだ。

無駄に殴り合わずとも、相手を振り切って諦《あきら》めさせてしまえば『勝ち』なのだ。

元々、上条は長距離走にそこそこ自信がある。対して相手は酒と煙草《たばこ》で体を壊し、靴《くつ》も機能性ゼロのブーツ。しかもペース無視の全力疾走を続けては、土台、長距離は不可能だ。

表通りと裏路地を交互に縫《ぬ》い走り、見た目は無様《ぶざま》に逃げ回る姿を見せつけながら、一人、また一人と両ヒザに手をついて脱落していく不良達の姿を確認していく。我ながら完璧《かんぺき》、誰《だれ》も傷つかないパーフェクトな解決方法だと思いつつも、

「ち、ちくしょう……何だって俺《おれ》はこんな事に青春かけなきゃなんねーんだよう！」

悔しい。どこを見ても幸せいっぱい夢いっぱいなカップル達ばかりで、上条当麻は一人、何だかものすごく負け組な気がする。日付が変わればもう夏休みだっていうのに、ラヴもコメディもないなんて負け犬すぎる。

と、背後から不良の一人の罵声《ばせい》が飛んできた。

「おるぁ!! ちくしょうこのクソガキ止まれやこの逃げ足王!!」

何なんだこの猛烈なラヴコールは、と流石《さすが》の上条もぶっちりキレる。

「うるっせぇ！　ぶん殴られねぇだけ感謝しやがれサル並《I.Q.80》野郎！」

無駄にスタミナを消費すると分かっていながらついつい上条は叫び返す。

（……、本当、傷一つつかねーだけでも感謝しろってんだよ）

さらに二キロほど、汗と涙で走り続けるとようやく都市部を離れて、大きな川に出た。大きな川には大きな鉄橋が架《か》かっている。長さにしておよそ一五〇メートル。車はない。ライトアップもされていない無骨な鉄橋は、夜の海のような不気味な暗闇《くらやみ》に塗り潰《つぶ》されている。

夜の鉄橋を突っ切りながら、上条は後ろを振り返る。

と、上条は足を止めた。いつの間にか、後を追ってる人間が一人もいなくなっていたからだ。

「く、くそ……やっと撒《ま》いたか」

上条はその場にペタンと座りたくなる衝動を必死にこらえ、夜空を見上げて息を吸う。

本当、誰も殴らずに問題を片付けられた。その事だけは自分で自分を褒《ほ》めてやりたい。

「ったく、何やってんのよアンタ。不良を守って善人気取りか、熱血教師ですかぁ？」

刹那《せつな》、ギクリと上条の体が凍りついた。

鉄橋に灯《あか》りの一つもなかったため、気づかなかったのだ。上条が走ってきた方向から五メートルほど先に、女の子が一人立っている。灰色のプリーツスカートに半袖《はんそで》のブラウスにサマーセーターという格好の、何の変哲もない中学生ぐらいの女の子だ。

上条《かみじょう》は夜空を見上げながら、このまま後ろへぶっ倒れようかなぁと半分以上本気で思う。

というか、ファミレスで絡まれていた女の子が、彼女だ。

「……つー事はアレだろ？　後ろの連中が追ってこなくなったってのも」

「うん。めんどいから私が焼《ヤ》いといた」

バチン、という青白い火花の音が響いた。

別に女の子がスタンガンを握っている訳ではない。肩まである茶色の髪が揺れるたびに、まるでそれが電極みたいにバチバチと火花を散らしているのだ。

風に乗ったコンビニ袋が彼女の顔の側に飛んだ瞬間、迎撃装置のように青白い火花がコンビニ袋を吹っ飛ばした。

うわぁ、と上条は疲れたように一言。

今日は七月十九日だ。だから書店では表紙を見ただけで地雷と分かるマンガを手に取り、お腹《なか》もすいてないのにファミレスに入り、明らかに酔っ払った不良に絡まれる中学生ぐらいの女の子を見て、思わず助けてやっかなー、とか思ってしまったのだ。

けれど、上条は『女の子を助けよう』とか言った覚えはない。

上条は不用意に彼女に近づいた少年達を助けようと思っただけだ。

上条はため息をつく。いっつもこんな感じの女の子だった。かれこれ一ヶ月近く顔を合わせているくせに、お互いに名前も覚えていない。つまりは、友達になろうという訳ではないのだ。今日こそは生ゴミになるまでボコりまくると鼻息荒げてやってくるのが少女の方で、それを適当にあしらうのが上条である。たった一度の例外もない。全戦全勝だった。

適当に負けてあげれば少女の気も晴れるんだろうが、上条は演技下手なのだった。前に一度、すわマイリマシター、と言ったら鬼のような形相で一晩中追い回された。

「……つか、俺《おれ》が何したってんだよう」

「私は、自分より強い『人間』が存在するのが許せないの。それだけあれば理由は十分」

これだった。

今日び格闘ゲームのキャラだってもうちょい詳しい設定《こまかいりゆう》があると思う。

「けどアンタもバカにしてるわよね。私は超能力者《レベル5》なのよ？　何の力もない無能力者《レベル0》相手に気張ると思ってんの？　弱者の料理法ぐらい覚えてるわよ」

この街の中に限っては、『裏路地の不良ども＝暴力最強』という図式は当てはまらない。超能力開発という時間割り《カリキユラム》からも落ちこぼれた彼らは何の力も持たない無能力《レベル0》の『不』良なのだ。

この街で真に強いのは、彼女のような特待生クラスの超能力者である。

「あの、それな？　お前が三二万八五七一分の一の才能の持ち主なのは良く分かってるけどさ、長生きしたかったら人を見下すような言い方やめた方がいいぞ、ホント」

「うっさい。血管に直接クスリ打って耳の穴から脳直《ちよく》で電極ぶっ刺して、そんな変人じみた事してスプーンの一つも曲げられないんじゃ、ソイツは才能不足って呼ぶしかないじゃない」

「……、」

　確かに、学園都市はそういう場所だ。

『記録術』とか『暗記術』とか、そんな名前でごまかして『頭の開発』を平然と時間割り《カリキュラム》に組み込んでいる場所、それが学園都市のもう一つの顔だ。

　もっとも、学園都市に住む二三〇万もの『学生』全《すべ》てがマンガの主人公みたいに人間をやめる訳でもない。全体で見れば六割弱が、脳の血管千《ち》切《ぎ》れるまで気張った所でようやくスプーンが曲がる程度の、まったくもって使えない『無能力《レベル0》』ばかりなのだ。

「スプーン曲げるならペンチ使えば良いし火が欲しければ一〇〇円でライター買えば良い。テレパシーなんてなくてもケータイあるだろ。んなに珍しいモンか、超能力なんて」

と、これは学園都市の身体検査《センサー》で機械どもに『無能力《つかえない》』烙印《らくいん》を押された上条《かみじょう》の言葉。

「大体、どいつもこいつもおかしいんだよ。超能力なんて副産物で悦に入りやがって。俺《おれ》達の目的ってな、その先にあるもんじゃなかったっけか？」

　対して、学園都市でも七人しかいない『超能力者《レベル5》』の少女は唇の端を歪《ゆが》めて、

「はあ？　……ああアレね。何だったかしら、確か『人間に神様の計算はできない。ならばまずは人間を超えた体を手にしなければ神様の答えには辿《たど》り着けない』だっけ？」

　少女は鼻で笑った。

「──は、笑わせるわね。一体何が『神様の頭脳』なんだか。ねえ知ってる？　解析された私のＤＮＡマップを元に軍用の妹達《シスターズ》が開発されてるって話。どうやら、目的よりも美味《おい》しい副産物だったみたいじゃない？」

と、そこまでしゃべって、唐突に少女の口がピタリと止まる。

音もなく、空気の質が変わっていく感覚。

「……ていうか。まったく、強者の台詞《せりふ》よね」

「は？」

「強者、強者、強者。生まれ持った才能だけで力を手にいれ、そこに辿り着くための辛《つら》さをまるで分かってない──マンガの主人公みたいに不敵で残酷な台詞よ。アンタの言葉」

ざザざザざざ、と鉄橋の下の川面《かわも》が、不気味なぐらい音を立てる。

学園都市でも七人しかいない超能力者、そこに辿り着くまでにどれだけ『人間』を捨ててきたのか……それを匂《にお》わせる暗い炎が言葉の端に灯《とも》っている。

それを、上条は否定した。

たったの一言で、たったの一度も振り返らなかった事で。

たったの一度も、負けなかった事で。

「おいおいおいおい！　年に一度の身体検査見てみろよ？　俺の能力《レベル》はゼロでお前は最高位《レベル５》だぜ？　その辺歩いてるヤツに聞いてみろよ、どっちが上かなんて一発で分かんだろ！」

学園都市の能力開発は、薬学、脳医学、大脳生理学などを駆使した、あくまで『科学的』なものだ。一定の時間割り《カリキュラム》をこなせば才能がなくてもスプーンぐらいは曲げられるようになる。

それでも、上条当麻《かみじょうとうま》は何もできない。

学園都市の計測機器が出した評価は、まさしく『無』能力だった。

「ゼロ、ねえ」

少女は口の中で転がすように、その部分だけ繰り返した。

一度スカートのポケットに突っ込んだ手が、メダルゲームのコインを掴《つか》んで再び出てくる。

「ねえ、超電磁砲《レールガン》って言葉、知ってる？」

「あん？」

「理屈はリニアモーターカーと一緒でね、超強力な電磁石を使って金属の砲弾を打ち出す艦載《かんさい》兵器らしいんだけど」

ピン、と少女は親指でメダルゲームのコインを真上へ弾《はじ》き飛ばす。

ヒュンヒュンと回転するコインは再び少女の親指に載って、

「────こういうのを言うらしいのよね」

言葉と同時。

音はなく、いきなりオレンジ色に光る槍《やり》が上条の頭のすぐ横を突き抜けた。槍、というよりレーザー光線に近い。出所が少女の親指だと分かったのは、単に光の残像の尾がそこから伸びているのが見えたからだ。

まるで雷《かみなり》のように、一瞬遅れて轟音《ごうおん》が鳴り響いた。耳元で巻き起こる空気を破る衝撃波に、上条のバランス感覚がわずかに崩れる。ぐらりとよろめいた上条は、チラリと背後を見た。

オレンジの光が鉄橋の路面に激突した瞬間、まるで海の上に飛行機が不時着するみたいにアスファルトが吹っ飛んだ。向こう三〇メートルに渡って一直線に破壊の限りを尽くしたオレンジの残光は、動きを止めても残像として空気に焼きついている。

「こんなコインでも、音速の三倍で飛ばせばそこそこ威力が出るのよね。もっとも、空気摩擦のせいで五〇メートルも飛んだら溶けちゃうんだけど」

鉄とコンクリートの鉄橋が、まるで頼りない吊《つ》り橋のように大きく揺らいだ。ガギ！　ビシ！　とあちこちで金属のボルトが弾け飛ぶ音が鳴り響く。

「…………………ッ!!」

上条は、全身の血管にドライアイスでもぶち込まれたような悪寒を覚えた。

ゾグン、と。得体の知れない感覚に全身の水分が汗となって蒸発するかと思った。

「――て、メエ。まさか連中追い払うのにソイツ使ったんじゃねーだろうな……ッ!!」

「ばっかねぇ。使う相手ぐらい選ぶわよ。私だって無闇《むやみ》に殺人犯にはなりたくないもん」

言いながら、少女の茶色い髪が電極のようにバチンと火花を散らす。

「あんな無能力《レベル0》――追い払うにゃコイツで十分でしょ、っと！」

少女の前髪から角《つの》のように青白い火花が散った瞬間、
槍《やり》のごとく一直線に雷《かみなり》が襲いかかってきた。

避《よ》ける、なんて事ができるはずがない。何せ相手は超能力者《レベル5》の髪から迸《ほとばし》る青白い雷撃の槍。言うなれば黒雲から光の速さで落ちる雷を目で見て避けろと言うのと同じだ。

ズドン!! という爆発音は一瞬遅れて激突した。

とっさに顔面を庇《かば》うように差し出した右手に激突した雷撃の槍は、上条《かみじょう》の体内で暴れるのみならず、四方八方へと飛び散って鉄橋を形作る鉄骨へと火花を撒《ま》き散らした。

……、ように見えた。

「で、何でアンタは傷一つないのかしら？」

言葉こそ気軽なものだが、少女は犬歯を剥《む》き出しにして上条を睨《にら》んでいる。

周囲に飛び散った高圧電流は橋の鉄骨を焼く威力だった。にも関《かか》わらず、直撃を受けた上条は右手が吹き飛んだりしていない。……どころか、火傷《やけど》一つ負っていない。

上条の右手が、数億ボルトにも達する少女の雷撃を吹き飛ばしたのだ。

「まったく何なのよ。そんな能力《チカラ》、学園都市の書庫《バンク》にも載ってないんだけど。私が三二万八五七一分の一の天才なら、アンタは学園都市でも一人きり、二三〇万分の一の天災じゃない」

忌々しげに呟《つぶや》く少女に、上条は一言も答えない。

「そんな例外を相手にケンカ売るんじゃ、こっちもレベルを吊り上げるしかないわよね？」

「……、それでもいっつも負けてるくせに」

返事は額《ひたい》から飛び出す『雷撃の槍』を使い、音速を軽く超える速度で襲いかかってきた。

だが、それはやはり上条の右手にぶち当たった瞬間、四方八方へと散らされてしまう。

さながら、水風船でも殴り飛ばすように。

幻想殺し《イマジンブレイカー》。

一般的にはテレビの笑い者——そして学園都市《このまち》の中では数式の確立された超能力。その『異能の力』を使うモノなら、それがたとえ神様の奇跡《システム》であっても問答無用で打ち消す異能力。

それが異能の力であるならば、少女の超能力『超電磁砲《レールガン》』にしたって例外はない。

ただし、上条の幻想殺し《イマジンブレイカー》は『異能の力』そのものにしか作用しない。簡単に言えば、超能力の火の玉は防げても、火の玉が砕いたコンクリの破片は防げない。効果も『右手の手首から先』だけだ。他の場所に火の玉が当たれば問答無用で火だるまである。

なので、

(死ぬ！　ホントに死ぬ！　ホントに死ぬかと思った！　きゃーっ!!)

上条当麻《とうま》は余裕《よゆう》綽々《しやくしやく》の顔をビキビキ引きつらせていた。たとえ光の速度の『雷撃の槍』を完全に打ち消す『右手』を持っていても、『右手』にぶつかったのは完全にただの偶然なのだ。

内心で心臓をバクバク言わせながら、上条は必死にオトナな笑みを取り繕《つくろ》ってみる。

「なんていうか、不幸っつーか……ついてねーよな」

上条《かみじょう》は今日一日、七月十九日の終わりをこう締めくくった。

たった一言で、本当に世界の全《すべ》てに嘆くように。

「オマエ、本当についてねーよ」

第一章　魔術師は塔に降り立つ　FAIR,_Occasionally_GIRL.

1

一月二〇日から二月十八日生まれの水瓶座《みずがめざ》のアナタは恋も仕事もお金も最強運！　まったくありえない事にどう転がってもイイ事しか起こらないので宝くじでも買ってみろ！　あんまりモテモテちゃうからって三股《また》四股に挑戦、なんてのはダメダメなんだぞ♪

「……いや、こんなモンだってなア分かってんだけど、分かってんだけどさあ」

七月二〇日、夏休み初日。

エアコンが壊れてうだるような熱気が支配する『学園都市』の学生寮の一室で上条当麻《とうま》は絶句した。どうも昨日の夜中に雷《かみなり》が落ちたらしく電化製品の八割が殺《や》られていて、それは冷蔵庫の中身が絶滅している事を意味していた。非常食のカップやきそばを食べようとしたら流し台に麺《メン》を全部ぶちまけ、仕方がないから外食しようとサイフを探している内にキャッシュカードを踏み砕き、しかもふて寝の二度寝の泣き寝入りを電話で叩《たた》き起こされたと思ったら『上条ちやーん、バカだから補習ですー♪』との担任からの連絡網《ラヴコール》。

天気予報みたいに流れるテレビの星占いなんてこんなモンだとは思うが、ここまで来るともはや笑いも起こらない。

「……分かってんだよ。分かってんだけど独り言にしねーと消化できねーんだよう」

占いは必ず外れ、おまじないは成功した例《ためし》がない。それが上条当麻《かみじょうとうま》の日常だ。この素敵なぐらい運に見放された体質は一族に伝わるモノかと思いきや、父は宝くじで四等（一〇万円ぐらい）をゲットし母はジュースの自販機のルーレットで当たりを引き続けて止まらないのだった。もしや血が繋《つな》がってないのでは、とも思うが妹フラグも立ってなければ王位継承権ルートにも入っていないのにそんな無駄な伏線があっても困るのだった。

結論を言うと、上条当麻は不幸だった。

なんていうか、もうギャグとして消化しても大丈夫なレベルの。

とはいえ、いつまでもウダウダしているつもりもない。

上条は運に頼らない。それはつまり行動力が高いという事を意味していた。

「……さて、っと。目下の問題はカードと冷蔵庫か」

バリボリと頭をかきながら上条は部屋を見回す。カードは通帳さえあれば再発行は難しくない。問題は冷蔵庫――というか朝ご飯だった。夏休みの補習、なんて言ってもどうせ能力開発の補習なんて錠剤《メトセリン》か粉薬《エルブラーゼ》を飲むに決まってる。流石《さすが》に空腹はまずかろう。

学校行く途中にコンビニ寄るかー、と上条はパジャマ代わりのTシャツを脱いで夏服に着替える。バカ学生の例に洩《も》れず夏休みを迎えて無意味に徹夜アッパー系モードになっていた上条の頭は寝不足で軋《きし》んだ痛みを発していたが、まぁ一学期丸々四ヶ月分のサボりを一週間ぐらいで巻き返せるなら安い買い物かなー、と無理矢理なポジティブ思考へ持ち込んでいく。

「いーい天気だし、布団《ふとん》でも干しとくかなー」

思わずそんな事を呟《つぶや》いてしまうぐらいに気持ちを持ち直すと、上条はベランダに繋がる網戸を開ける。補習が終わって帰ってくる頃《ころ》には布団もふかふかになってる事だろう。

と。七階のベランダ、そこから二メートルもない先に隣のビル壁が迫っていた。

「空はこんなに青いのにお先は真っ暗♪」

激しく鬱《うつ》。無理して明るく言ったのが思いっきり逆効果だった。

ツッコミを入れてくれる人がいない孤独感に苛《さいな》まれつつ、ベッドの上の布団を両手で抱える。せめてこれをふかふかにせねば死んでも死にきれん、とか思っていると、足の裏がぐにゅっと柔らかいモノを踏んづけた。見れば透明なラップでくるんだヤキソバパンだった。例の絶滅冷蔵庫の中に突っ込んでいたモノなので、きっとすっぱくなってるだろう。

「……つか、いきなり夕立とか降ったりしねーだろーな」

そこはかとなく嫌な予感を口に出しつつ、上条は開いた網戸からベランダに向かい、と、すでに白い布団が干してあるのが見えた。

学生寮と言っても造りはまんまワンルームマンションなので、上条《かみじょう》は一人暮らしだ。なので、この部屋でベランダの手すりに布団《ふとん》を引っ掛けるような人物は上条当麻《とうま》以外に存在しない。なので、よくよく見れば布団なんて干してなかった。

干してあったのは白い服を着た女の子だった。

「？」

「はぁ⁉」

両手で抱えていた布団がばさりと落ちた。

謎《なぞ》だ。しかも意味不明だ。女の子は、なんか鉄棒の上でぐったりバテてるみたいに、腰の辺りにベランダの手すりを押し付け、体を折り曲げて両手両足をだらりと真下に下げている。

歳《とし》は……十四か、十五か。上条より一つ二つ年下という感じ。外国人らしく、肌は純白で髪の毛も白髪――じゃなくて銀髪だろう。かなり長いらしく、逆さになった頭を完全に覆い隠して顔が見えないぐらいだった。おそらく腰ぐらいまで伸びてるんじゃないだろうか？

そして服装は、

「うわ、本物のシスターさんだ……、いや妹ではなく」

修道服？　とでも言うのか。教会のシスターが着てそうなアレだ。足首まである長いワンピースに見えなくもない服に、頭には帽子とはちょっと違う、一枚布のフード。ただし、一般の修道服が『漆黒』であるのに対し、女の子のそれは『純白』だった。おそらくシルクじゃないだろうか？　さらに衣服の要所要所には金糸《きんし》の刺繍《ししゅう》が織り込まれている。同じデザインの服でも色《カラーリング》づけが違うだけでこうもイメージが変わるのかと思う。これじゃまるで成金趣味のティーカップみたいだった。

ピクン、と女の子の綺麗《きれい》な指先が動いた。

だらりと下がった首が、ゆらりと上がる。絹糸のような銀髪がサラリと左右に別れ、上条の方を向いた少女の顔が長い長い髪の隙間《すきま》から、カーテンでも開くように現れる。

(うわっうわっ……ッ！)

女の子は割と可愛《かわい》らしい顔をしていた。白い肌に緑色の瞳《ひとみ》が海外スキルゼロの上条にとっては新鮮に映って、何だかお人形めいた印象がある。

だが、上条がうろたえてるのはそんな事ではない。

そもそも『外国人』だ。英語教師に『お前は一生鎖国《さこく》してろ』とまで言われる上条当麻である。どこの国のお人か分からない人にいきなりまくしたてられたら、きっと思わず羽毛布団だって買ってしまうだろう。

「オ、――――」

女の子の、可愛らしいけどちょっと乾いた唇がゆっくりと動いた。

思わず上条《かみじょう》はそのまま後ろへ一歩二歩。ぐにゅっと床に落ちたヤキソバパンを踏み潰《つぶ》す。

「おなかへった」

「……」

一瞬。上条は自分があまりにバカだから外国語を勝手に日本語に置き換えたのかと思った。

歌詞を知らない歌にトンデモない歌詞をつけてしまうバカ小学生のごとく。

「おなかへった」

「……、」

「おなかへった」

「…………、」

「おなかへった、って言ってるんだよ?」

いつまでも固まっている上条に、ちょっぴりムッとしたように銀髪の少女は言った。

もうダメだ。ダメに決まってる。こんなの、こんなのは日本語以外に聞こえない。

「あう、えっと?」ベランダに干してある女の子を眺めながら、「ナニ? ひょっとして、アナタはこの状況で自分は行き倒れですとかおっしゃりやがるつもりでせう?」

「倒れ死に、とも言う」

「……」超日本語ぺらぺら少女だった。

「おなかいっぱいご飯を食べさせてくれると嬉《うれ》しいな」

上条は足元でぐにゅぐにゅ言ってる、ラップでくるんだすっぱそうなヤキソバパンを見る。

コレが一体何なのかは分からないが、何にしてもお関《かか》わりにならない方が良いに決まってる。

この子には遠い所で幸せになってもらおう、とラップにくるんだままの潰《つぶ》れたヤキソバパンを少女の口元へと突きつける。まぁいくら何でもこのすっぱい匂《にお》いを嗅《か》いだら逃げるだろ、京都ではお茶漬けを出すと『もう帰れ』って意味になるらしいしとか思っていると、

「ありがとう、そしていただきます」

がっつりラップごと喰《く》われた。ついでに言うと上条の腕ごと。

こうして、今日も上条の一日は悲鳴と共に不幸から始まっていく。

2

「まずは自己紹介をしなくちゃいけないね」

「……いや、まずは何であんなトコに干してあったのか――――」

「私の名前はね、インデックスって言うんだよ？」

「誰《だれ》がどう聞いても偽名じゃねーか！　大体何だインデックスって！　『目次』かお前は！」

「見ての通り教会の者です、ここ重要。あ、バチカンの方じゃなくてイギリス清教《せいきょう》の方だね」

「意味分かんねーしこっちの質問は無視かよ⁉」

「うーん、禁書目録《インデックス》の事なんだけど。あ、魔法名ならDedicatus545だね」

「もしもし？　もしもーし？　一体ナニ星人と通話中ですかこの電波はー？」

聞く耳持たない上条《かみじょう》が小指で耳をほじっているとインデックスはガジガジと自分の親指の爪《つめ》を噛《か》み始めた。癖《くせ》、なんだろうか？

一体どうしてガラステーブルを挟んでお見合いよろしく正座で向かい合ってんだろうと思う。上条としてはもうそろそろ学校へ行かないと夏休みの補習に間に合わない訳だが、かと言ってこんな得体の知れない人間を部屋の中に残していく訳にもいかない。しかも最悪な事に、インデックスと名乗るこの不思議ギンパツ女の子は床をゴロゴロしちゃうぐらいこの部屋を気に入ってしまったらしい。

まさかこれも上条の『不幸』が呼んできたんだろうか？　だとすれば嫌すぎる。

「それでね、このインデックスにおなかいっぱいご飯を食べさせてくれると私は嬉《うれ》しいな」

「何でだよ！　ここでお前の好感度上げてどーするよ？　変なフラグが立ってインデックスルートに直行なんて俺《おれ》ぁ死んでも嫌だからな‼」

「えっと……流行語《スラング》、なの？　ゴメンなさい。何を言ってるのか分からないかも」

流石《さすが》は外国人、日本の戦略物資《オタクぶんか》にはご理解がないらしい。

「けど、このまま外に出たらドアから三歩で行き倒れるよ？」

「……いや、行き倒れるよ？　じゃなくて」

「そしたら最後の力を振り絞ってダイイングメッセージを残すね。君の似顔絵つきで」

「なん……ッ」

「仮に誰《だれ》かに助け出されたら、そこの部屋に監禁されてこんなにやつれるまでいじめ倒されたって言っちゃうかも。……こんなコスプレ趣味を押し付けられたとも言う」

「言っちゃうかもじゃねえよ！　ってかオマエ実は相当詳しいだろこっちの世界《オタクぶんか》！」

「？」

初めて鏡を見た子猫みたいに小さく首を傾《かし》げられた。

悔しい、とぼけられた。何だか自分一人だけひどく汚れてしまった気分。

やるよ、やってるよーっ！　と上条《かみじょう》はドカドカ台所へ向かう。どうせ冷蔵庫の中は全滅で生ゴミしか存在しない。こんなモン食わせた所で上条のサイフは痛《いた》まない。熱を通せば大丈夫だろ、と。とりあえずフライパンに残り物を全部ぶち込んで野菜炒め風にしてしまう。

そう言えばこの子はどこからやってきたんだろう？

もちろん学園都市の中にだって外国人はいる。が、どうにも『住人』特有の『匂《にお》い』がしないのだ。かと言って、外からやってきたというのも妙な話だと思う。

学園都市は扱いとして『何百もの学校を集めた街』だが、ニュアンスとしては『街サイズの全寮制の学校』と思ってもらえれば良い。東京の三分の一を占める広さであるが、一応万里の長城みたいに壁で覆われている。刑務所のような厳重なものではないが、何となくでふらふらと迷い込んでしまう、というような所ではないはずだ。

……と、見せかけておいて、実は工業大学が実験目的で打ち上げた三基の人工衛星が街に絶えず監視の目を光らせている。街の内外の人の出入りは完全に走査《スキャン》され、門《ゲート》の記録と一致しない不審な人影の元には即座に警備員《アンチスキル》や各学校の風紀委員《ジャッジメント》が向かうはずだが……。

けど昨日はビリビリ女が雷雲を呼んだし、それで衛星の目を逃れたのかも、と上条は思う。

「でさー、何だってお前はベランダに干してあった訳？」

悪意満々の野菜炒め風にしよう油をぶち込みながら上条は少女に向かって言ってみる。

「干してあった訳じゃないんだよ？」

「じゃあ何なんだよ？　風に流されて引っかかってたんかお前」

「……、似たようなモノかも」

冗談のつもりで言った上条は、フライパンを止めて思わず少女の方を振り返った。

「落ちたんだよ。ホントは屋上から屋上へ飛び移るつもりだったんだけど」

屋上？　と上条は天井を見る。

この辺りは安い学生寮が建ち並ぶ一角だ。八階建ての同じようなビルがずらっと並んでいて、ベランダを見れば分かる通りビルとビルの隙間《すきま》は二メートルぐらいしかない。確かに、走り幅跳びの要領で屋上から屋上へ飛び移る事もできるとは思うが……。

「でも、八階だぜ？　一歩間違えば地獄行きじゃねーか」

「うん、自殺者にはお墓も立てられないもんね」インデックスは良く分からない事を言って、

「けど、仕方なかったんだよ。あの時はああする他《ほか》に逃げ道がなかったんだし」

「逃げ、道？」

不穏な言葉に上条《かみじょう》は思わず眉《まゆ》をひそめると、インデックスは子供のように「うん」と言って、

「追われてたからね」


「……、」

熱したフライパンを揺する手が、思わず止まった。

「ホントはちゃんと飛び移れるはずだったんだけど、飛んでる最中に背中を撃たれてね」

インデックスと名乗る女の子は、笑っているみたいだった。

「ゴメンね。落っこちて途中で引っかかっちゃったみたい」

自嘲《じちょう》でも皮肉でもなく、ただ上条当麻《とうま》に対して微笑《ほほえ》みかけるために。

「撃たれたって……、」

「うん？　ああ、傷なら心配ないよ。この服、一応『防御結界』の役割もあるからね」

『防御結界』って何だろう？　防弾チョッキ？

新しい服を見せびらかすように回転する少女は、確かに怪我人《けがにん》には見えない。て言うか、ホントに『撃たれた』のだろうか？　何もかも虚言妄想ウソっぱちの方が現実味があると思う。

けれど、
この少女は、確かに七階のベランダに引っかかっていた事だけは本当なのだ。

もし、仮に、この少女の言う事が全部本当の事だったら、
彼女は一体『誰《だれ》に』撃たれたって言うんだろう？

上条は、考える。

八階建ての屋上から屋上へ飛ぶ、という事にどれだけの覚悟が必要なのかを。七階のベランダに運良く引っかかっていた、という事実を。行き倒れ、という言葉の裏を。

追われていたからね、と。

そう言って微笑む、インデックスの作る表情の意味を。

上条はインデックスの事情を知らないし、断片的な言葉の意味も良く分からない。おそらくインデックスが一から十まで説明したって半分も理解できないだろうし、もう半分だって理解してやろうと思う事さえできないかもしれない。

だけど、たった一つの現実《リアル》。

七階のベランダに引っかかっていたという、一歩間違えばアスファルトに叩《たた》きつけられてい

たという現実だけは、胸を締め付けるように理解する事ができた。

「ごはん」

と、上条《かみじょう》の後ろからにゅっとインデックスの顔が伸びてきた。日本語は使えてもハシには慣れてないのか、スプーンみたいにグーで握ってフライパンの中をわくわくと眺めている。

たとえるなら、雨に濡《ぬ》れた段ボールから拾い上げられた子猫みたいな目。

「…………………………………………………………………………………、あ」

で。フライパンの中には生ゴミ同然の食材をぶっ込んだ野菜炒《いた》めモドキ（有毒）。

何か。この空腹少女を前に、上条の中に渦巻くエンジェル上条（普段はデビル上条とワンセット）がものすごい勢いで身悶《みもだ》えているのが分かった。

「あ、あーっ！　け、っけどアレだ！　そんなにお腹《なか》すいてるならこんな残り物ぶっ込んだいかにも不味《まず》そうな男料理じゃなくてキチンとファミレス行こう！　何なら出前でもいいし！」

「そんなに待てないよ？」

「……あ、かっ！」

「それに、不味そうなんかじゃないよ。私のために無償で作ってくれたご飯だもん。美味《おい》しくないはずがないんだよ？」

こういう時だけシスターさんっぽくにっこりキラキラ微笑《ほほえ》みやがった。

ギリギリと胃袋を雑巾《ぞうきん》絞りされるような苦痛に襲われる上条をよそに、インデックスはグーで握ったハシでフライパンの中身をすくって口に運んでしまう。

ぱくぱく。

「ほら、やっぱり不味くなんかない」

「……あ、そですか」

もぐもぐ。

「あれだよね、さりげなく疲労回復のためにすっぱい味付けしてる所がにくいよね」

「げっ！　すっぱ⁉」

がつがつ。

「うん、だけどすっぱいの平気。ありがとうね、何だか君、お兄さんみたいだね」

にっこり笑顔だった。ほっぺたにモヤシがくっつくほどの純心な食いっぷりだった。

「……ぐ、……う、う、うぅぉぉおおおおおおおおぉぉぁぁあああああああああ！」

グバア!!　と上条は音速でフライパンを取り上げる。ものすごく不満そうな顔をするインデックスに、地獄には俺《おれ》が一人で落ちると上条は心に誓う。

「君もおなかへってるの？」

「……、は？」

「そうじゃないなら、おあずけなんかしないで食べさせて欲しいかも」

ちょっぴり上目遣いでハシの先をガジガジ噛《か》むインデックスを見て、上条は悟りを開いた。

神様は言う、責任持ってお前が食え。

不幸がどうのという問題ではなく、完璧《かんぺき》に自業自得だった。

3

上条当麻《かみじょうとうま》は、口の中いっぱいに熱した生ゴミを詰め込んでにっこり微笑《ほほえ》んでいた。

インデックスと名乗る少女は、むーっと文句を言いたそうな顔でビスケットをガジガジと噛《か》んでいた。小さなビスケットを両手で持っているため、どこかリスみたいな感じがする。

「——で、追われてるって。お前一体ナニに追われてる訳？」

涅槃《ねはん》から帰ってきた上条は、とりあえず一番のネックを聞いてみた。

いくら何でも、出会って三〇分も経たない女の子に地獄の底までついていく、とまでは思えない。かと言って、このまま何もなかった事にするのは、おそらく無理だ。

結局は偽善使《フォックスワード》いだよな、と上条は思う。何の解決にならないって知っていても、とりあえず『何かをやった』という慰《なぐさ》めが欲しいだけなのだ。

「うん……、」ちょっと喉《のど》が渇いたような声で、「何だろうね？　薔薇十字《ローゼンクロイツ》かS∴M∴か黄金夜明か。その手の集団だとは思うんだけど、名前までは分からないかも。……連中、名前に意味を見出すような人達じゃないから」

「連中?」

上条は神妙に聞く。という事は、相手は集団で、組織だ。

うん、と当の追われるインデックスの方がかえって冷静な風に、

「魔術結社だよ」

…………………………………………………………………………。


「はぁ。まじゅつって……、はぁ なんじゃそりゃあ!! ありえねえっ!!」

「は、え、アレ? あ、あの、日本語がおかしかった、の? 魔術《マジック》だよ、魔術結社《マジックキャバル》」

「……、」英語で言われるとさらに分からなかった。「なに、なーに? それって得体の知れない新興宗教が『教祖サマを信じない人には天罰が下るのでせう』とか言ってお薬《LSD》飲ませて洗脳したりする危ない機関の事? いやいろんな意味で危険なんだが」

「……、そこはかとなく馬鹿《ばか》にしてるね?」

「あー」

「……、そこはかとなく馬鹿にしてるね?」

「―――。ゴメン、無理だ。魔術は無理だよ。俺《おれ》も発火能力《パイロキネシス》とか透視能力《クレアボヤンス》とか色々『異能の力』は知ってるけど、魔術は無理だ」

「……？」

インデックスは小さく首を傾《かし》げた。

おそらく科学万能主義の常識人なら『世の中に不思議な事なんて何もないっ！』と否定されると思っていたんだろう。

だけど、上条《かみじょう》の右手には『異能の力』が宿っている。

幻想殺し《イマジンブレイカー》と名乗る、それが常識の外にある『異能の力』であるならば、たとえ神話に出てくる神様の奇跡《システム》でさえも一撃で打ち消す事のできる力を。

「学園都市《こっち》じゃ超能力なんて珍しくもねーんだ。人間の脳なんざ静脈《じょうみゃく》にエスペリン打って首に電極貼《は》り付けて、イヤホンでリズム刻めば誰《だれ》だって回線開いて『開発』できちまう。一切合財《いっさいがっさい》が科学で説明できちまうんじゃ誰だって認めて当然だろ？」

「……よくわかんない」

「当然なの！　当然なんだよ当然なんです三段活用！」

「……。じゃあ、魔術は？　魔術だって当然だよ？」

むすっと。お前ん家のペットは駄ネコだとか言われたように、インデックスはふてくされた。

「えーっと。例えばジャンケンってあるだろ？　ってか、ジャンケンって世界共通？」

「……、日本文化だと思うけど、知ってる」

「じゃあジャンケンを一〇回やって一〇回連続負けた。そこになんか理由があると思うか？」

「…………、む」

「ないよな？　けど、そこになんかあるって考えちまうのが人間なのさ」上条はつまらなそうに、「自分がこんな連続で負けるはずがない。そこにはきっと見えない法則《ルール》があるはずだ。そんな風に考える人間の頭ん中に、例えば『星占い』を混ぜたらどうなっちまう？」

「…………………、巨蟹宮《カニざ》のあなたはついてないから勝負はやめておけ、とか？」

「そ。ウチらの間じゃ、非現実《オカルト》の正体はソレなんだ。運とかツキとか、見えない歯車《ルール》を夢見る瞬間。ただの偶然なんてちっぽけな現実を、エライ必然と勘違いする心。それが、非現実《オカルト》さ」

インデックスはしばらく不機嫌なネコみたいにむすーっとしていたが、

「……頭ごなしに否定するって訳でもないんだね」

「ああ。だからこそ、真剣に考えてるからこそ、カビ臭い昔話はダメなんだ。絵本に出てくる魔術師なんて信じられない。MP消費で死人が復活するってんなら誰も育脳《かいはつ》なんかやんねーしな。まったくもって『科学《ゲンジツ》』と無関係な代物《オカルト》は、やっぱり俺《おれ》でも信じらんねーよ」

超能力なんて代物が『不思議』に見えてしまうのは、人間が単にバカだからで。

本当は、やっぱり超能力さえ『科学』で説明できてしまうというのが、ここでの常識なのだ。

「……、けど。魔術はあるもん」

む一っと口を尖《とが》らせながらインデックスは言う。おそらく、彼女にとっては心を支える柱のようなモノなんだろう、上条の『幻想殺し』と同じく。

「まぁ良いけど。で、何でソイツらがお前を狙《ねら》ってるって——」

「魔術はあるもん」

「……、」

「魔術はあるもん！」

どうやら意地でも認めて欲しいみたいだった。

「じゃ、じゃあ魔術って何なんだよ。手から炎が出るのか、ウチの時間割り《PSY》受け《カリキュラム》なくても出せんのかぁ？　何ならそこで一丁見せてくれよ。そしたら信じる事ができるかもしんないから」

「魔力がないから、私には使えないの」

「……、」

カメラがあると気が散るのでスプーンを曲げられません、というダメ能力者を見た気がした。

とはいえ、なんか複雑な気分であるのも事実だ。

オカルトなんてない、魔術なんてありえないとか言っておきながら、実は上条《かみじょう》は自分の右手に宿る『幻想殺し《イマジンブレイカー》』について何も知らない。それがどういう仕組みで、見えない所で何が働いているのか。能力開発においては世界最高峰である学園都市の『身体検査《システムスキャン》』でさえ、上条の能力を見抜く事すらできずに『無能力《レベル0》』の烙印《らくいん》を押しているのだ。

科学的な時間割りで後付けされたのではなく、生まれた時から右手に宿るこの力。

この世に『不思議なもの《オカルト》』なんて存在しない、と言っておきながら、自分自身こそが常識《ルール》を無視した『非現実《オカルト》』な存在であるという事実。

……まぁ、だからと言って『世の中には不思議な事があるんだから、魔術だってあってもおかしくないよね♪』というハチャメチャ理論はやっぱり納得できないが。

「……魔術はあるもん」

ハア、と上条はため息をついた。

「じゃあ、仮に魔術なんてモノがあるとして、」

「仮に？」

「あるとして、」上条は無視して続けた。「お前がそんな連中に狙《ねら》われてる理由ってのは何なんだよ？　その服装となんか関係あったりすんの？」

上条の言ってるのは、インデックスの着ている純白のシルク地に金糸《きんし》の刺繍《ししゅう》という超豪華な修道服の事だ。日本語に変換すると『宗教がらみ？』と言いたい。

「……私は、禁書目録《インデックス》だから」

「は？」

「私の持ってる、一〇万三〇〇〇冊の魔道書。きっと、それが連中の狙いだと思う」

…………………………………………………………。

「……まーたまた、良く分からない話になってきたんですが」

「だから、何で説明していくたびにやる気が死んでくの？　もしかして飽きっぽい人？」

「えっと、整理するけど。その『魔道書』ってのが何なのか良く分からないけど、とにかくそれって『本』なんだよな？　国語辞典みたいな」

「うん。エイボンの書、ソロモンの小さな鍵《レメゲトン》、ネームレス、食人祭祀書《しょくじんさいししょ》、死者の書。代表的なのはこういうのだけど。死霊術書《ネクロノミコン》は有名すぎるから亜流、偽書《ぎしょ》が多くてアテにならないかも」

「いや、本の中身はどうでも良いんだ」

どうせラクガキだし、という言葉はぐっと飲み込んで、

「で、一〇万冊って――どこに？」

これだけは譲れない。一〇万冊なんて言ったら図書館一つ丸々レベルだ。

「なに、どっかの倉庫のカギでも持ってるって意味なのか？」

「ううん」インデックスはふるふると首を横に振って、「ちゃんと一〇万三〇〇〇冊、一冊残らず持ってきてるよ？」

は？　と上条《かみじょう》は眉《まゆ》をひそめて、

「……バカには見えない本とか言うんじゃねーだろーな？」

「バカじゃなくても見えないよ。勝手に見られると意味がないもの」

インデックスの言葉は飄々《ひょうひょう》としていて、何故《なぜ》だか馬鹿《ばか》にされた気分になる。上条は辺りを軽く見回す。魔道書、なんてカビ臭い本はやはり一冊もなく、床に散らばってるのはゲーム雑誌とマンガと部屋の隅《すみ》にぶん投げた夏休みの宿題ぐらいだ。

「……、うわぁ」

　今まで我慢して聞いてきたが、これ以上は無理だと上条は絶句する。

　ひょっとしたら『誰《だれ》かに追われている』というのも単なる妄想なんじゃないだろうかと上条は思う。ただの妄想で八階建ての屋上からジャンプして、一人で勝手に失敗してベランダに引っかかったとしたら。そんな人間にはもう付き合いきれない。

「……超能力は信じるのに、魔術は信じないなんて変な話」むすっと、インデックスは口を尖《とが》らせて、「そんなに超能力って素晴らしいの？　ちょっと特別な力を持ってるからって、人を小馬鹿にして良いはずがないんだよ」

……。

「ま、そりゃそーだわな」上条は小さく息をつき、「そりゃそうだ。お前の言う通りだよ。こんな一発芸を持ってる程度で、誰かの上に立てるだなんて考え方は間違ってる」

　上条は自分の右手に視線を落とした。

　そこからは炎も雷《かみなり》も出ない。閃光《せんこう》も爆音も起きないし、手首に変な模様が浮かぶ訳でもない。

　だが、それでも上条の右手はあらゆる『異能の力』を無力化させる。力の善悪は問わず、神話に出てくる神様の奇跡《システム》さえ、問答無用で。

「ま、この街に住んでる人間ってな能力《チカラ》持ってる事が一個の心の支え《パーソナリティ》になってっから、その辺は大目に見て欲しいかな。ってか、俺《おれ》も能力者の一人《そーゆーの》なんだけど」

「そうだよバカ、ふん。頭の中いじくり回さなくったってスプーンぐらい手で曲げられるもん」

「……、」

「ふんふん。天然素材を捨てた合成着色男のどこが偉いってーのさー、ふん」

「……、ナメたプライドごと口を封じて構わねーか？」

「て、暴力《テロ》には屈しないもん」ふん、と不機嫌な猫みたいなインデックス。「だ、大体、超能力だなんて言って、君には一体何ができるって言うの？」

「……、えっと。何がって言うか」

上条《かみじょう》はちょっと戸惑った。

自分の幻想殺し《イマジンブレイカー》について、誰《だれ》かに説明する機会は滅多にない。しかも『異能の力』にしか反応しないという事は、まず『異能や超能力』について知っててもらわないと説明にならない。

「えっとな、この右手。あ、ちなみに俺《おれ》のは合成着色《ドーピング》じゃなくて天然素材《うまれたときから》なんだけど」

「うん」

「この右手で触ると……それが異能の力なら、原爆級の火炎の塊だろうが戦略級の超電磁砲《レールガン》だろうが、神の奇跡《システム》だって打ち消せます、はい」

「えー？」

「……つかテメェ何だその幸運を呼ぶミラクルストーンの通販見てるみてーな反応は？」

「だってー、神様の名前も知らない人にー、神様の奇跡だって打ち消せますとか言われてもー」

驚くべき事にインデックスは小指で耳の穴をほじって鼻で笑いやがった。

「……くっ。む、ムカつく。こんな、魔法はあるけどアナタには見せられませんなんて言うインチキ魔法少女に小馬鹿《こばか》にされた事がここまでムカつくとは……、」

と、上条当麻《とうま》タマシイの呟《つぶや》きにインデックスもカチンときたみたいで、

「い、インチキじゃないもん！　ちゃんと魔術はあるんだもん！」

「じゃあなんか見せてみろやハロウィン野郎！　ソイツを右手でぶち抜きゃ俺の幻想殺《イマジンブレイカー》しも信じるしかねーんだろ、このファンタジー頭！」

「いいもん、見せる！」むきーっ！　という感じでインデックスは両手を振り上げ、「これっ！　この服！　これは『歩く教会』っていう極上の防御結界なんだからっ！」

インデックスが両手を広げて強調しているのは、例のティーカップみたいな修道服だ。

「何だよ『歩く教会』って、もう意味分かんねーよ！　さっきっから聞いてりゃ禁書目録《インデックス》だの防御結界だの訳の分からない専門用語をぶち込みやがって、この不親切野郎！『説明』ってな何も分からない人に向かって噛《か》み砕いて教えるモノなんだ、そこんトコ分かってんのか！」

「なっ……ちっとも理解しようと思わない人が言う台詞《せりふ》!?」インデックスはぶんぶんと両手を振り回して、「だったら論より証拠！　ほら、台所にある包丁で私のお腹《なか》を刺してみる!!」

「じゃあ刺してみる！　……って何だよそれ、きっかけは些細《ささい》な事でしたってオチか？」

「あ、信じてないね」インデックスはハァハァと肩を上下させ、「これは『教会』として必要最低限な要素だけ詰め込んだ『服のカタチをした教会』なんだから。布地の織り方、糸の縫《ぬ》い方、刺繍《ししゅう》の飾り方まで……全《すべ》てが計算されてるの。包丁ぐらいじゃ傷一つつかないんだよ？」

「つかないんだよって……あのな。じゃあハイぐっさり刺してみますなんて言う馬鹿《ばか》いるか。未曾有《みぞう》の少年犯罪だぞそれ」

「とことん馬鹿にして……。これはトリノ聖骸布《せいがいふ》──神様殺しの槍《ロンギヌス》に貫かれた聖人を包み込んだ布地を正確にコピーしたモノだから、強度は法王級《ぜったい》なんだよ？　うん、君達で言うなら核シエルターって感じかな。物理・魔術を問わず全ての攻撃を受け流し、吸収しちゃうんだから。……さっき、背中を撃たれてベランダに引っかかったって言ったけど、『歩く教会』がなかったら風穴が空いてたところだったんだよ。そこんとこ分かってる？」

うるせーばか。

一気にインデックスに対する好感度ゲージが下がった上条《かみじょう》は、ジト目で彼女の服を見る。

「……、ふうん。てか、つまりアレだ。それが本っっっ当に『異能の力』だってんなら、俺《おれ》の右手が触れただけで木っ端微塵《こっぱみじん》、って訳だな？」

「君のチカラが本っっっ当な・ら・ね？　うっふっふーん」

上等だゴルァ!!　と上条はインデックスの肩をがっちり掴《つか》んでみる。

と、確かに雲を掴むような——柔らかいスポンジに衝撃を吸収されるような変な感覚がした。

「て、…………あれ？」

頭が冷えてきた上条は、ちょっと考えてみる。

もし仮に。インデックスの言う事が（全くありえないとは思うが）全部本当で、その『歩く教会』とやらが『異能の力』で織り上げられているとしたら？

その『異能の力』を打ち消してしまうという事は、つまり服がバラバラに？

「あれぇぇぇぇぇぇぇぇぇぇぇぇぇぇぇぇぇぇぇぇぇぇぇ——————!?」

あまりに唐突な大人の階段の予感に上条は反射的に絶叫する、が……。

……。

……、

……？

「——————ええええええええええ、え……って。あれ？」

起きない。何にも起きない。

何だよちくしょう心配させやがって、と思いつつ何かやりきれないモノを感じる上条だった。

「ほらほら何が幻想殺し《イマジンブレイカー》なんだよ。べっつに何にも起きないんだけど？」

ふっふーん、という感じで両手を腰に当てて小さな胸を大きく張るインデックスだったが、次の瞬間、プレゼントのリボンをほどくようにインデックスの衣服がストンと落ちた。

修道服の布地を縫《ぬ》っている糸という糸が綺麗《きれい》に解《ほど》けて、本当にただの布地に逆戻りしている。一枚布の、帽子のようなフードだけは服から独立していたせいか無事で、頭の部分にそれだけ載っかっていると逆に切ない気持ちになる。

ふっふーん、という感じで両手を腰に当てて小さな胸を大きく張ったまま凍りつく少女。

詰まる所、完全無欠に素っ裸だった。

4

インデックスと名乗る女の子は怒ると人に噛《か》み付く癖《くせ》があるらしい。

「痛ったー……。あちこち噛み付きやがって、合宿ん時の蚊《か》かお前は？」

「……、」

返事はない。

素っ裸に毛布を巻いただけのインデックスは、女の子座りのまま解けた修道服の布地を安全ピンでチクチク刺して何とか服のカタチに戻そうと（無駄な）努力をしている。

どーん、という効果音が部屋を支配していた。

別に新手のスタンド使いが攻めてきた訳ではない。

「……あの、姫？　僭越《せんえつ》ながらこちらにワイシャツとズボンのセットがあるのですが」

「……、」ヘビみたいな目で睨《にら》まれた。

さっきっからどんなキャラクターだと思いつつ、上条当麻《かみじょうとうま》は声をかけてみる。

「……、あの、姫？」

「……、なに？」

「今のは一〇〇％俺《おれ》が悪かったんでせう？」

返事の代わりに目覚まし時計が飛んできた。ひぃ！　と上条が絶叫すると同時、巨大な枕《まくら》が襲ってきた。まったくありえない事にゲーム機や小型のラジカセまで飛んでくる。

「あれだけの事があったっていうのに、どうして普通に話しかけられるんだよう⁉」

「あーいえ！　じぃも大変ドギマギしておりますというか青春ですねというか！」

「バカにして……うううううううううう‼」

「分かっ……謝る、謝るから！　それ借《レンタル》りてるビデオだからハンカチみたいに噛《か》むな馬鹿《ばか》！」

はは一っ、とギャグみたいに両手をついて土下座モードの上条当麻。

というか、史上初の女の子の裸に内心、上条は心臓を握り潰《つぶ》されるかと思っていた。

顔には出さないオトナな上条当麻である。

……と、本人が思ってるだけで、鏡で見るとエライ事になってる上条当麻だった。

「できた」

ぐしぐし鼻を鳴らしながら、インデックスは地獄の内職で何とかカタチを取り戻した真っ白な修道服を広げてみせた。

……何十本もの安全ピンがギラギラ光る修道服を。

「………………………………………………………………………………………………(汗)」

「えっと、着るのか?」

「………………………………………………………………………………………………(黙)」

「着るのか、そのアイアンメイデン?」

「………………………………………………………………………………………………(涙)」

「日本語では針のむしろと言う」

「……う、うううううううううううう!!」

分かったーっ! と上条は全力で床に頭突きして謝る。ちなみにインデックスはいじめられっ子睨《にら》みで今まさにテレビの電源コードを噛み千切《ちぎ》ろうとしていた。ダメなネコか。

「着る! シスターだし!!」

良く分からない叫びと共に、インデックスはイモ虫みたいに丸めた毛布の中でもぞもぞと着替えを始めた。ぴょこん、と毛布から唯一出ている顔だけが爆弾みたいに真っ赤だった。

「……あー、なんかその着替えプールの授業思い出すなー」

「……何で見てるのかな？　せめてあっち向いて欲しいかも」

「あんだよ別に良いじゃんよ。さっきと違ってエロくねーだろ着替えなんて」

「………」、
　インデックスの動きがピタリと止まったが、上条《かみじよう》がまるで気づいていないようなので諦《あきら》めてもそもそと毛布の中で着替えを続けた。毛布の中に意識を集中しているせいか、頭の上のフードがぽてんと落っこちても全然気づいていない。

　何となく、会話がないとエレベーターの中みたいに気まずい空気が漂ってくる。

　やや現実逃避を始めた上条の頭に、ようやく『夏休みの補習』という言葉が浮かんできた。

「うわっ！　そーだ補習だ補習！」上条は携帯電話の時計を眺めて、「えっと、あー……俺《おれ》これから学校行かなきゃなんないけど、お前どーすんの？　ここに残るんならカギ渡すけど」

　叩《たた》き出す、という選択肢は上条の中から消えていた。

　インデックスの修道服『歩く教会』が幻想殺《イマジンブレイカー》しに反応した以上、やはり彼女も『異能の力』に関《かか》わっている事は間違いない。そうなると、彼女の言っている事も一〇〇％ウソではないという事になる。

　例えば、魔術師達に追われてビルの屋上から落ちた事とか。

　例えば、インデックスはこれからも命懸けの鬼ごっこを続ける事とか。

　超能力《ESP／PSY》さえ理論化したほどの科学の街で、魔法使いなんて絵本に出てくるほどのぶっ飛んだ連中が大暴れしている事とか。

……まあ、そういう事を抜きにしても、あんなずーんとしたインデックスはそっとしておきたい、という感情もある訳だが。

「……、いい。出てく」

なのに、どーんという効果音を引きずったままインデックスはすっくと立ち上がった。幽霊のように上条の横をすり抜けていく。頭の上からフードが落っこちている事さえ気づいている様子がない。下手に上条が拾おうとするとあのフードもバラバラになりそうだし。

「あっ、あー……」

「うん？　違うんだよ」インデックスは振り返って、「いつまでもここにいると、連中ここまできそうだし。君だって部屋ごと爆破されたくはないよね？」

サラリと答えるインデックスに上条は絶句する。

のろのろと玄関のドアを出るインデックスを上条は慌てて追い駆ける。せめて何かできないかとサイフの中を確かめてみれば残金は三二〇円。それでもとにかくインデックスを引き留めようと勢い良く玄関を出ようとしたところでドア枠に足の小指が音速で直撃した。

「ばっ、みゃ！　みゃあああ‼」

片足を押さえて奇声を上げる上条に、ビクンとインデックスが振り返る。あまりの激痛に大暴れしようとした上条のポケットからスルリと携帯電話が滑り落ちた。あっ、と気づいた時には固い床に激突した液晶画面がビキリと致命傷な音を立てる。

「う、うううううう！　ふ、不幸だ」

「不幸というより、ドジなだけかも」ちょっとだけインデックスが笑った。「けど、幻想殺し《イマジンブレイカー》っていうのがホントにあるなら、仕方がないかもしれないね」

「……、どゆことでせう？」

「うん、こういう魔術の世界のお話なんて君はきっと信じないと思うけど」インデックスはくすくすと笑って、「神様のご加護とか、運命の赤い糸とか。そういうものがあったとしたら、君の右手はそういうものもまとめて消してしまっているんだと思うよ？」

インデックスは安全ピンまみれの修道服をひらひらさせながら、『歩く教会』にあった力も神の恵み《ラッキー》だからね、と言った。

「待てよ。幸運だの不幸だのって言葉は、確率と統計のお話だぜ？　んなのある訳……、ッ！」

言った瞬間、ドアノブに触れていた上条《かみじょう》の指に壮絶な静電気が襲いかかった。な⁉　と反射的に体がビクンと震えると、筋肉が変な風に動いたのかいきなり右足のふくらはぎがつった。

～～ッ‼　と、悶絶《もんぜつ》する事およそ六〇〇秒。

「…………………………………………………………………………あの、しすたーさん？」

「なに？」

「…………………………………………………………………ごせつめいを」

「ご説明っていうか、」インデックスは当然の事のように、「君の右手の話が本物ならね、その右手があるだけで『幸運』ってチカラもどんどん消していってるんだと思うよ？」

「…………………………………………………………つまり、あれですか」

「君の『右手』が空気に触れてるだけで、バンバン不幸になっていくって訳だね♪」

「ぎゃあぁぁああぁあああああ!!　ふ、不幸だぁぁあああああぁああ!!」

オカルトをまるで信じない上条だったが、こと『不幸』に関してのみは別腹だった。とにかく大宇宙の悪意のようなものを感じてしまうほど上条は思った事が上手《うま》くいかない人間なのだ。

そんな上条当麻《とうま》をにこにこ聖母の微笑《ほほえ》みで眺めている純白のシスターが一人。

人は言う。あれは勧誘する目だ。

「何が不幸って、君。そんな力を持って生まれてきちゃった事がもう不幸だね♪」

にっこり笑顔のシスターに思わず涙する上条は、ようやく話がズレてる事に気づく。

「ち、違くて！　お前、ここを出てどっか行くアテでもあんのかよ？　事情は分かんねーけど、魔術師ってのがまだ近くをうろついてんならウチに隠れてりゃいーじゃねーか」

「ここにいると『敵』が来るからね」

「何で断言できんだよ？　目立った行動しないで大人しく部屋ん中にいりゃ問題ねーだろ」

「そうでもないんだよ？」インデックスは自分の服の胸元を摘《つま》んで、「この服、『歩く教会』

は魔力で動いてるからね——教会は神力《しんりょく》って呼ばせたいみたいだけど、同じ力《マナ》だし。つまり簡単に言っちゃえば、敵は『歩く教会』の魔力を元に探知《サーチ》かけてるみたいなんだよね」

「だったら、何だってそんな発信機みてーな服着てんだよ！」

「それでもこれの防御力は法王級だからだよ？　もっとも君の右手に粉砕されちゃったけど」

「……、」

「粉砕されちゃったけど？」

「悪かったから涙目でこっち見んな。……けどよ、俺の右手《イマジンブレイカー》で『歩く教会』ってのはぶっ壊れちまったんだろ？　だったら発信機みてーな機能もなくなっちまってんじゃねーか？」

「だとしても、『歩く教会が壊れた』って情報は伝わっちゃうよ。さっきも言ったけど、『歩く教会』の防御力は法王級なの、簡単に言っちゃえば『要塞《ようさい》』みたいにね。……私が『敵』なら、理由はどうあれ『要塞』が壊れたと分かれば迷わず打って出ると思う」

「ちょっと待てよ、だったらなおさら放っとけねーだろ。魔術《オカルト》なんざ今でも信じらんねーけど、とにかく『誰《だれ》か』が追ってきてるって分かってんのにお前を外になんか放り出せるかよ」

インデックスはきょとんとする。

本当に、本当に。その顔だけ見ていると、それはただの女の子にしか見えなくて、

「……、じゃあ。私と一緒に地獄の底までついてきてくれる？」

にっこり笑顔だった。

それはあまりにも辛《つら》そうな笑顔で、上条《かみじょう》は一瞬にして言葉の全《すべ》てを失ってしまった。

インデックスは、優しい言葉を使って暗にこう言っていた。

こっちにくんな。

「大丈夫だよ、私も一人じゃないもの。とりあえず教会まで逃げ切れば匿《かくま》ってもらえるから」

「……、ふぅん。で、その教会ってのはどこよ?」

「ロンドン」

「遠すぎ!　一体どこまで逃げ切るつもりだお前!!」

「うん?　あ、大丈夫だよ。日本にもいくつか支部があると思うし」

安全ピンまみれの、一体どんな嫁《よめ》いびりだと言わんばかりの修道服をひらひらさせながらインデックスは答える。

「教会、ねえ。それなら街に一つはあるかもな」

教会、と聞くと巨大な結婚式場でも思い浮かべそうなモノだが、日本のそれははっきり言ってしょぼい。元々、十字教という文化に乏しく、さらに地震国なので『歴史ある建物』はそうそう残らない。上条が電車の窓から見た事のある教会なんて、プレハブ小屋のてっぺんに十字架が載っかってるだけだ。……まぁ、逆に成金趣味の教会ってのも間違ってる気はするけど。

「うーん。けど単純に教会ってだけじゃダメなんだよ。私の所属してるのは英国式だから」

「???」

「えっとね、単純に十字教っていっても色々あるの」インデックスは苦笑いして、「まずは旧教《カトリック》と新教《プロテスタント》。さらに私の属《ぞく》する旧教でも、バチカンを中心とするローマ正教、ロシアに本拠地を置くロシア成教、そして聖《セント》ジョージ大聖堂を核とするイギリス清教《せいきょう》って感じで色々あるの」

「……間違って他《ほか》の教会に入っちまうとどうなるんだ？」

「門前払い」インデックスはやっぱり苦笑だった。「ロシア成教やイギリス清教はそれぞれの『国の中』にしかないからね。日本でイギリス清教の教会っていうのは珍しいんだよ」

「……、」

なかなかに雲行きの怪しそうな話だった。

ひょっとして、インデックスは空腹で行き倒れる前に、何度も『教会』を訪れたんじゃないだろうか？　そのたびに門前払いを食らった彼女はどんな気持ちで逃げ続けていたんだろう？

「大丈夫。英国式の教会を見つけるまでの勝負だから」

「……、」

上条《かみじょう》は一瞬だけ、自分の右手の『力』の事を考えて、

「おい！　……なんか困った事があったら、また来て良いからな」

そんな事しか言えなかった。

神様でも、殺せる男のくせに。

「うん。おなかへったら、またくる」

ひまわりみたいな笑顔で、それは完璧《かんぺき》な笑顔だったからこそ、上条は何も言えなかった。

そんなインデックスを避けるように、清掃ロボットが通りすぎていく。

「ひゃい⁉」

完璧な笑顔が一瞬でぶっ飛んだ。まるで足がつったみたいにビクンと震えたインデックスは、そのまんま後ろへコケた。がつん、というヤバめの音と共に頭の後ろが壁に激突する。

「〜〜〜〜ッ！　な、なんか変なのがさりげなく登場してる……ッ⁉」

インデックスは涙目だったが、頭を押さえるのも忘れて思わず絶叫していた。

「変なのが変なのを指差してんじゃねえ。ありゃただの掃除ロボだよ」

上条はため息をついた。

大きさ、カタチはドラム缶だと思えば良い。底には小さなタイヤを装備し、業務用の掃除機みたいな円形の回転するモップがぐるぐる回っている。人間と障害物を避けるためにカメラがついてるせいでミニスカ女の子にメチャクチャ嫌われている一品である。

「……そっか。日本は技術大国って聞いてたけど、使い魔《アガシオン》も機械化されてる時代なんだね」

「もしもし？」妙な感心をしているインデックスがちょっと怖《こわ》い。「ここは学園都市だからな。こんなん街中のそこらじゅうに散らばってるよ」

「がくえんとし？」

「そ。東京の西地区の開発が遅れてる辺りを一気に買い取って作った『街』だよ。何十もの大学に何百もの小中高校がひしめき合ってる『学校の街』だ」上条《かみじょう》はため息をついて、「街の住人の八割は学生だし、マンションに見えるのはみんな学生寮だよ」

勉強のみならず、能力や肉体までも開発する『裏の顔』もある訳だが。

「……街の様子がおかしいのもそのためだ。生ゴミの自動処理《オートメーション》とか実用レベルの風力発電とか、さっきの掃除ロボとか、あーいう大学の実験品がそのまま街に溢《あふ》れてやがんのさ。おかげで二〇年ばっかり文明レベルが先に進んじまってる訳だな」

「ふうん」インデックスは清掃ロボットをじーっと眺めて、「じゃあ、この街の建物はみんな『がくえんとし』の傘下《さんか》って事になるのかな？」

「だな。……ま、イギリス教会の傘下を探すってんなら、街の外に出た方が良いかもな。この街の教会なんて、どうせ神学《しんがく》とかユング心理学とかの教育施設だろ」

ふうん、とインデックスは頷《うなず》いて、ようやく壁にぶつけた頭の後ろを手で押さえた。

「ひゃい!?　あ、あれ？　頭のフードがなくなってる!?」

「何だよ今頃《いまごろ》気づいたのか。さっき落としたぞお前」

「ひゃい？」

上条は『毛布の中で着替えてる時に落っことした』と言ってるつもりだったが、インデックスは『清掃ロボットにびっくりして後ろへコケた時に落とした』と勘違いしたようだ。あちこ

ち通路の床を見ながら、しばらく頭に「？」を浮かべていたが、

「あっ、そうか！　あの電動使い魔《アガシオン》！」

何か勘違いしたまま通路の角へ消えた清掃ロボットをダッシュで追い掛けて行ってしまった。

「……、あー。何だかなぁ」

上条はインデックスのフードが残された部屋のドアを見てから、通路の先を見た。もうインデックスの姿はどこにもない。別れも涙もあったもんではない。

なんていうか、ああいう姿を見ているとアイツ世界が滅んでもなんだかんだで生き残りそうだよなぁ、などと何の根拠もなく思ってしまうのだった。

5

「はーい。それじゃ先生プリント作ってきたのでまずは配るですー。それを見ながら今日は補習の授業を進めますよー？」

もうこのクラスになって一学期経《た》つが、未《いま》だにありえねぇと上条は思う。

一年七組の担任、月詠《つくよみ》小萌《こもえ》は教卓の前に立つと首しか見えなくなるというとんでもない教師だった。身長は一三五センチで、安全面の理由からジェットコースターの利用をお断りされたという伝説を持つ、誰《だれ》がどう見ても黄色い安全帽《あんぜんぼう》に真っ赤なランドセル、ソプラノリコーダー

標準装備の十二歳にしか見えない、学園七不思議に指定されるほどの幼女先生である。

「おしゃべりは止《と》めないですけど先生の話は聞いてもらわないと困るですー。先生、気合を入れて小テストも作ってきたので点が悪かったら罰ゲームはすけすけ見る見るですー」

「ってかそれ目隠しでポーカーしろってアレでしょう先生！　ありゃ透視能力《クレアボイアンス》専攻の時間割り《カリキュラム》だし！　手元のカードも見えないのに一〇回連続で勝てるまで帰っちゃダメとか言われたらそのまま朝までナマ居残りだとわたくし上条当麻《かみじようとうま》は思うのでせうが！」

「はいー。けれど上条ちゃんは記録術《かいはつ》の単位足りないのでどの道すけすけ見る見るですよ？」

うわぁ、と上条はリーマン教師の営業スマイルに絶句する。

「……むう。あれやね。小萌《こもえ》ちゃんはカミやんが可愛《かわい》くて仕方がないんやね」

と、隣に座っていた青髪ピアスの学級委員（男）が訳の分からない事を言ってくる。

「……おまいはあの楽しそうに黒板に背伸びしてる先生の背中に悪意は感じられんのか？」

「…なに？　ええやん可愛い先生にテストの赤点なじられんのも。あんなお子様に言葉で責められるなんてカミやん経験値高いでー？」

「…ロリコンの上にMかテメエ！　まったく救いようがねーな!!」

「あっはーッ！　ロリ『が』好きとちゃうでーっ！　ロリ『も』好きなんやでーっ!!」

雑食!?　と上条が叫ぼうとした所で、

「はーいそこっ！　それ以上一言でもしゃべりやがったらコロンブスの卵ですよー？」

コロンブスの卵っていうのは文字通り、逆さにした生卵を、何の支えもなく机の上に立ててみろって事だと思う。念動力専攻《サイコキネシス》の人間だって脳の血管切れそうになるまで踏ん張ってようやく卵がコケないようにする、アレだ（念動力が強すぎても卵を割ってしまう。難易度超高）。

例によって成功しなければ朝までナマ居残りである。

上条と青髪ピアスは呼吸も忘れて教卓の月詠《つくよみ》小萌をじっと眺める。

「おーけーですかー？」

にっこり笑顔が超怖《こわ》かった。

小萌先生は『可愛い』と言うと喜ぶくせに『小さい』と呼ぶと激怒するのだった。

とはいえ、小萌先生は生徒から低く見られる事をあんまり気にするタイプにも見えない。それは学園都市の中では仕方がない部分もある。ただでさえ、ここは人口の八割以上が『学生』という子供達の国《ネバーランド》だ。普通の学校と比べても『リーマン教師』に対する風当たりは強いし、何より学生の『強さ』の基準は『学力』と『能力』の二つで決まってくる。

先生というのは学生を『開発』する人間であって、先生そのものは何の能力も持たない。体育教師や生活指導などは能力者の学生を鍛《きた》え抜いた己の拳《こぶし》だけでぶっ飛ばす、何だか外国人部隊みたいな連中なのだが、化学の小萌先生にそれを期待するのも酷だろう。

「……、なぁカミやん？」

「あんだよ？」

「小萌《こもえ》先生に説教くらうとハアハアせーへん？」

「テメェだけだ馬鹿《ばか》！　もう黙れ、黙れ馬鹿！　念動力《サイコキネシス》にも目覚めてねーのに生卵と戯《たわむ》れてたら夏休みが終わっちまうわ！　分かれこのエセ関西弁！」

「エセ……　え、えぇえぇえぇエセ言うな！　ボクはホンマに大阪人やねんな！」

「黙れ米どころ出身。イライラしてんだから無駄にツッコミいれさせんなよ」

「こ、こここ米どころ違いますよ！　あ。あ、あーっ！　タコヤキ美味《おい》しいなぁ」

「無理矢理な関西属性やめろ！　テメェ役作りのためにタコヤキおかずに飯《メシ》食えんのか」

「いや何言うてん。いくら大阪人でもタコヤキオンリーで食卓を彩る訳ないやろ」

「……、」

「ないやろ？　ないと思う──いや待ち。けど……でも、ない──けど、あれ？　どっち？」

「メッキ剥《は》がれてんぞ関西モドキ」

はあ、とため息をついて上条《かみじょう》は窓の外を見る。

こんな無駄な補習なら、やっぱりインデックスの側《そば》にいるべきだったと思う。

確かにインデックスの着ていた修道服『歩く教会』は上条の右手に反応したけど（否、反応だなんて生ぬるい表現ではなかったが）、だからと言って『魔術』そのものを信じた訳ではない。おそらくインデックスの言ってた事は十中八九ウソっぱちだし、仮にウソをついてないっもりでも、実は単なる自然現象が不思議《オカルト》に見えていただけかもしれない。

それでも、

（……逃がした魚はデカかったかなぁ）

上条はため息をついた。こんなエアコンもない蒸し風呂《ぶろ》状態の教室で机に縛り付けられるぐらいなら、いっそ剣と魔法のファンタジーに飛び込んでみた方が良かったかもしれない。今なら可愛い（キレイ、と呼ぶのはどうも抵抗があるが）ヒロインもセットでついてくる事だし。

「……、」

上条はインデックスが部屋の中に忘れていったフードを思い出す。

結局、返さなかった。返せなかった、ではないと思う。たとえインデックスの姿が見えなくなっても、本気で探せばすぐ見つかっただろうし、見つからなかったとしたら今も彼女を探してフード片手に街中を走り回っているはずである。

今になって思えば、なんだかんだで繋《つな》がりが欲しかったのだ。いつか、忘れ物を取りに彼女が戻ってくるかもしれない、と。

あの白い少女が、あんなにも完璧《かんぺき》な笑顔を見せるから、
何か繋がりを残しておかないと、そのまま幻のように消えてしまいそうで、
恐《こわ》かったんだと、思う。

（……、なんだ）

ちょっと詩人な上条《かみじょう》はそこまで考えて、ようやく気づいた。

なんだかんだ言った所で、あのベランダに引っかかっていた少女は嫌いではなかったのだ。

もう二度と関《かか》わりを持たない事に、こんな小さな未練を残してしまうぐらいには。

「……あーくそ」

舌打ちする。後からこんなに気になってくるならやっぱり引き止めておけばよかった。

そういえば、彼女の言っていた『一〇万三〇〇〇冊の魔道書』というのは何だったんだろう？

インデックスを狙《ねら》う魔術結社とかいう連中（……結社って、株式会社なの？）は、その『一〇万三〇〇〇冊の魔道書』が欲しくて彼女を追い掛け回しているらしい、というのは聞いた。

そして、インデックスは『一〇万三〇〇〇冊の魔道書』を持って逃げ続けているらしい。

大量の本を押し込んだ倉庫のカギとか地図、とかそういうモノのたとえではなく。

『そんな大量の本をどこに？』と言った上条に、インデックスは『ここにある』と言った。が、上条の見る限り本なんて一冊もなかったし、そもそも上条の部屋は一〇万冊もの本を押し込めるほど広くない。

「……何だったんだろうな？」

上条は思わず首を傾《かし》げた。インデックスの修道服『歩く教会』が幻想殺し《イマジンブレイカー》に反応する本物だった以上、彼女の言っている事が一〇〇％妄想、という事でもないだろうが……。

「センセー？　上条クンが窓の外の女子テニス部のひらひらに夢中になってまース」

と、青髪ピアスの無理矢理関西言語に「あん？」と上条の意識が教室の中へUターンすると、

「……、」

小萌《こもえ》先生が沈黙している。

授業に集中してくれない上条当麻《とうま》君にものすごくショックを受けているらしい。何だかサンタさんの正体を知ってしまった十二歳の冬みたいな顔をしている。

と、思った瞬間。子供の人権を守るべくクラス中の敵意ある視線が上条当麻に突き刺さった。

夏休みの補習、とか言っておきながらしっかり完全下校時刻まで拘束された。

「……、不幸だ」

夕焼けにギラギラ光る風力発電の三枚プロペラを眺めながら上条は呟《つぶや》いた。夜遊び厳禁、という事で、基本的に学園都市の電車やバスの最終便は下校時刻に合わせてある。

終バスを逃《のが》し、延々と続く灼熱《しゃくねつ》の商店街を歩く上条の横を警備ロボットが追い抜いていく。やはりドラム缶に車輪をつけた代物で、役割は歩く防犯カメラといった感じ。最初は犬型ロボットを改良したモノだったが、子供が集まって進路の邪魔になるから、というミもフタもない理由で作業用ロボットはみんなドラム缶なのである。

「あっ、いたいた。この野郎！　ちょっと待ちなさ……ちょっと！　アンタよアンタ！　止ま

りなさいってば!!」

夏の暑さにやられた上条《かみじょう》は、のろのろ走る警備ロボットを見ながら、そういえばインデックスは清掃ロボットを追っ掛けてどこまで旅に出たんだろうかと考えていたため、初めその声が自分に向けられたモノだと気づかなかった。

何だろう？　という感じで振り返る。

中学生ぐらいの女の子だった。肩まである茶色い髪は夕焼けで燃え上がるような赤色に輝いて、顔面はさらに真っ赤に染まっている。灰色のプリーツスカートに半袖《はんそで》のブラウスにサマーセーター――と、ここまで考えて、ようやく思い出した。

「……あー、またかビリビリ中学生」

「ビリビリ言うな！　私には御坂美琴《みさかみこと》ってちゃんとした名前があんのよ！　いい加減に覚えなさいよ、アンタ初めて会った時からビリビリ言ってるでしょ！」

初めて会った時……？　と、上条はちょっと思い出してみる。

うん、そうだ。確か初めて会った時もこの女は不良達に絡まれていた。それで、これこれ童子《わらし》ども寄ってたかって女の子のサイフを狙《ねら》うんじゃありませんと浦島太郎的展開に持ち込んだ所、うっさいわね人のケンカの邪魔してんじゃないわよビリビリィ！　と、何故《なぜ》か女の方に逆ギレされた。で、上条は当然『右手』で女の電撃《ビリビリ》を防いだ訳で、彼女の反応としては……あれ？　何で効かないのアンタ、じゃあこれは？　あれー？　と、こんな感じで現在に至る。

「……て、あれ？　何だろう？　哀《かな》しくないのに涙が出るよお母さん」

「なに遠い目してんのよアンタ……？」

上条《かみじょう》は補習で疲れているので目の前のビリビリ女を適当にあしらう事にした。

「何やら呆《あき》れ顔で上条の顔を眺めている女は、昨日の超電磁砲《レールガン》女だ。たった一度ケンカに負けたのが相当悔しいらしく、それから上条の元を何度も訪れては返り討ちに遭っているのだ」

「……。誰《だれ》に対して説明してんのよ？」

「気が強くて負けず嫌いだけど、実はとっても寂《さび》しがり屋でクラスの動物委員を務めてます」

「勝手に変な設定考えんな!!」

両手をビュンビュン振り回す少女、御坂美琴《みさかみこと》に道行く人々が目を向けている。まぁ無理もない。美琴の着ている何の変哲もない夏服は、実は学園都市でも五本の指に入る名門《エリート》、常盤台《ときわだい》中学のものだ。ラッシュ時の駅の中でも何故《なぜ》か見分けがつくという、あの気品爆発の常盤台のお嬢様が、電車の床に座ってケータイいじってる人間と同じ風に動いていたら誰だってビビる。

「でー、何なんだよビリビリ？　ってか七月二〇日《なつやすみ》なのに何で制服着てんの？　補習？」

「ぐ……う、うっさいわね」

「動物小屋のウサたんが気になったの？」

「だから勝手に動物設定付け加えてんじゃないわよ！　それよかアンタ！　今日という今日こそ電極刺したカエルの足みたいにひくひくさせてやるから遺言と遺産分配やっとけグルァ！」

「やだ」

「何でよ!?」

「動物委員じゃないから」

「こ――――の。っざけてんじゃねーぞアンタぁ!!」

ドン！　と、中学生は勢い良く歩道のタイルを踏みつける。

瞬間、辺りを歩いていた人達の携帯電話が一斉にバギンと凄《すさ》まじい音を立てた。商店街の有線放送がブツンと途切れ、そこらを走っていた警備ロボットがビキンと嫌な音を鳴らす。

パリパリ、と。中学生の髪が静電気のような音を立てる。

生身の体一つで超電磁砲を扱う超者能力《レベル5》の少女は、獣のように犬歯を剥《む》き出しにして笑い、

「ふん。どうよ、これでようやく腑《ふ》抜けた頭のスイッチ切り替えられた？　――――むぐっ！」

と、余裕《よゆう》綽々《しやくしやく》の御坂美琴の顔面全部を覆《おお》い隠すように、上条は慌てて片手で口を塞《ふさ》ぐ。

(だっ、黙れ、お願いだからその口を閉じて黙れっ！　ケータイ焼かれた人間みんな殺気立ってるからっ!!　バレたらみんな弁償だからっ、有線放送とかいくらかかるか分かんねーし!!)

何となく銀髪のシスター少女の事を思い出しながら、上条はクリスマスの時ぐらいしか名前の浮かんでこない神様に思いっきり祈りを捧《ささ》げてみる。

と、祈りが通じたのか、誰も上条と美琴に詰め寄るような事はなかった。

良かったあ、と上条《かみじょう》は（微妙に美琴《みこと》を窒息《ちっそく》させつつ）ホッとため息をつく、と。

『――メッセージ、メッセージ。エラーNo.100231-YF。電波法に抵触する攻撃性電磁波を感知。システムの異常を確認。電子テロ《サイバー》の可能性に備え、電子機器の使用を控えてください』

幻想殺し《イマジンブレイカー》と超電磁砲《レールガン》は恐る恐る振り返る。

ぷすぷす、と。煙を噴いて歩道に転がるドラム缶が良く分からない独り言を呟《つぶや》いて、次の瞬間、警備ロボットは甲高い警報を辺り一面に鳴り響かせた。

もちろん逃げるに決まっていた。

裏路地へ入りポリバケツを蹴《け》っ飛《と》ばし黒猫を追い散らすように走り続けた。そう言えば俺《おれ》は悪い事してないのに何で一緒に逃げてるんだろう、とか思いながらも逃げ続けた。警備ロボットは一体一二〇万円するというのをワイドショーで聞いていたからだ。

「うう、ぐすっ。ふ、不幸だ。……こんなのと関《かか》わったばっかりに」

「こんなのって言うな！　私には御坂《みさか》美琴って名前があんのよ！」

裏路地の裏の裏の裏で、ようやく二人は立ち止まった。建ち並ぶビルの一つだけを取り壊したのか、四角い空間が広がっている場所だ。ストリートバスケに向いてそうにも見える。

「うるせえビリビリ！　大体テメエが昨日ド派手に雷《かみなり》なんぞ落とすからウチの電化製品まとめ

て殺《ヤ》られちまったんだぞ！　この期に及んでまだなんかあんのか！」

「アンタがムカつくから悪いのよっ！」

「意味の分かんねえキレ方すんな！　大体俺ぁテメェに指一本触れちゃいねーだろが！」

あの後——さんざん襲いかかってきた美琴の『攻撃』の全《すべ》てを、上条《かみじょう》は右手一本で受け止めた。それは超電磁砲だけではない。砂鉄を縒《よ》り集めた鋼鉄の『鞭《むち》のような剣』に、内臓を狂わせるための強力な電磁波、トドメは空から降ってくる本物の『雷』。

けどまぁ、どれもこれも上条当麻《とうま》の敵ではない。

それが『異能の力』であるならば、上条当麻はその全てを無効化できるのだから。

「ありゃお前が勝手に殴りかかって勝手に疲れただけだろ！　力の使いすぎで勝手にぐったりしやがって、お前のスタミナ不足を俺のせいにすんなビリビリ！」

「〜〜ッ!!」ギリギリと美琴は奥歯を噛《か》み締めて、「あ、あんなの無効よ、ありえないわよ！　だって私だって一発も殴られてないもん、それってお互い様で引き分けって事でしょ!!」

「……はぁ、じゃあもういいよお前の勝ちで。ビリビリ殴ってもエアコン直る訳じゃねーし」

「が……ッ！　ちょ、ちょっとアンタ！　マジメにやりなさいってば!!」

両手をブンブン振り回して叫ぶ美琴に、上条は小さくため息をついて、

「じゃあ、マジメにやっても良いんかよ？」

か……ッ、と美琴《みこと》の言葉が詰まる。

上条《かみじょう》は右手を軽く握って、もう一度開く。たったそれだけの仕草に、御坂《みさか》美琴の全身からダラダラと嫌な汗が噴き出す。たった一歩、後ろへ下がる事もできずにその場で凍りつく。

上条の『力の正体』が分からない美琴としては、表情一つ変えずに自分の切り札全《すべ》てを封じた上条はまさに『未知の恐怖』そのものだ。

無理もない、上条当麻《とうま》は御坂美琴の『攻撃』を二時間以上受け続けて、たった一つのかすり傷も負わなかった男なのだ。『コレが本気を出したらどうなるんだろう？』と思って当然だ。

ふぅ、と上条はため息をついて目を逸《そ》らす。

全身を縛っていた糸が切れたように、ようやく美琴は一歩二歩とよろめいた。

「……、なんていうか、不幸だ」そんなにビビられると逆にショックな上条だった。「部屋の電化製品はボロボロだし、朝は自称魔術師《エセ》に夕方はビリビリ超能力者ときたもんだ」

「ま、まじゅつしって……なに？」

「……、」上条はちょっと考えて、「……えっと、何なんだろう？」

いつもの美琴なら、『ぐらぁナメてんのかアンタ、チカラも変なら頭も変かぁ⁉』とか叫んでビリビリする所だろう。だが、今日はどこか様子を見るようにびくびくしている。

もちろん相手を騙《だま》すためのハッタリなのだが、ここまで効果があるとちょっぴり切ない。

（……それにしても、魔術師、か）

上条はちょっとだけ思い出す。あの白いシスターがいた時は割とアッサリそんな言葉が出てきたけど、やっぱりちょっと離れてみれば現実から外れた言葉だと痛感させられる。

インデックスがいた時は何で感じられなかったんだろうと思う。

そう信じられるだけの、それこそ神秘的な『何か』があったとでも言うんだろうか？

「……ていうか、ナニ考えてんだか」

子犬みたいにビビっているビリビリ女こと御坂美琴を放ったらかしにして、上条は呟《つぶや》く。

インデックスとは、あそこで縁を切った。この広い世界で何の意味もなく『偶然』再会するなんて事はまずありえない。魔術師がどうだとか考えた所で、もう何の意味もないのだ。

そう思うのに、忘れる事ができなかった。

部屋の中に忘れられた、頭に被《かぶ》る純白のフード。

たった一つだけ残った『繋《つな》がり』が、上条の心の隅《すみ》をチクチク刺してイライラさせる。

何でそんな事を思ってしまうのか、上条当麻は自分自身の内側さえ分からなかった。

神様でも殺せる男のくせに。

6

今日び三二〇円では牛丼《ぎゅうどん》大盛も頼めない。

「…………………………………………、並かぁ」

文庫本サイズのお弁当をおハシの先でちょこちょこ食べてる女の子にはご理解できないだろうが、育ち盛りの汗だく野郎にとって並盛なんぞは『オヤツ』扱いである。

御坂美琴《ビリビリおんな》を追い払い、牛丼屋で『オヤツ』を食べた上条《かみじょう》は、残金全財産三〇円（税込み）を手に、陽《ひ》の落ちた学生寮の前まで戻ってきた。

人の気配はない。

おそらく夏休み初日だから、みんな街に出て遊び呆《ほう》けているんだろう。

見た目は典型的なワンルームマンションだ。四角いビルの壁一面に直線通路とズラリと並ぶドアが見える。鉄格子のような金属の手すりに『ミニスカ覗《のぞ》き防止用』のプラ板が張ってないのは、ここが『男子寮』だからだろう。

学生寮の建物は縦に——奥へ延びるように作られていて、玄関や反対側のベランダは、道路から見て側面——つまりビルとビルの隙間《すきま》にある。

入口は一応オートロックになっているが、両隣のビルとの間隔はそれぞれ二メートル。今朝、インデックスがやったようにビルからビルへ飛び移れば簡単に侵入できる。

オートロックを抜けて、管理人室と呼ばれる物置の横をすり抜けてエレベーターに乗る。工場の搬入用エレベーターより狭くて汚いのはご愛嬌《あいきょう》、屋上を示す『R』のボタンが小さな鉄板で封印されているのは夜な夜なビルの屋上を飛んでやってくるロミオとジュリエット対策だ。

電子レンジみたいな音と共にエレベーターは七階に止まる。

がこがこ音を立てて開くドアを押しのけるように上条は通路に出た。七階という高さだがビル風はなく、隣のビルとの圧迫感もあるせいか余計に蒸し暑い気がした。

「ん？」

と、上条はようやく気づいた。直線的な通路の向こう――自分の部屋のドアの前で、三台の清掃ロボットがたむろしている。三台、というのは珍しい。そもそもこの寮に配備された清掃ロボットは全部で五台のはずなのに。それぞれ体を小刻みに前後させている所を見ると、よっぽどひどい汚れを掃除しているようにも見える。

……何となく、とてつもなく不幸な予感。

大体、床に貼《は》り付いたガムだって素通りで剝《は》がすほどの破壊力を持つドラム缶ロボだ。一体何をどうしたら三台もの清掃ロボットが苦戦しなければならないのか。もしかして童貞を捨てるために無理して不良ぶってる隣人土御門元春《つちみかどもとはる》が酔っ払って人ん家《ち》のドアを電柱代わりに、盛大にゲロをぶちまけたんじゃあるまいかと上条は戦慄《せんりつ》する。

「一体何が……、」

人間には怖《こわ》いモノ見たさという常軌を逸した機能が備わっている。

一歩、二歩と思わず前に足が進んだ時、ようやくソレが見えた。


不思議少女インデックスが空腹でぶっ倒れていた。


「…………………………………………………………………………………………、あー」

ロボットの陰《かげ》に隠れて全体は見えないが、うつ伏せに倒れた安全ピンがギラギラ光る白い修道服は誰《だれ》がどう見ても行き倒れていた。

三台ものドラム缶にがっつんがっつん体当たりをぶちかまされても、インデックスはピクリとも動かない。何だか都会カラスに小突かれているようで異常に哀れに見えた。大体、清掃ロボットは人間や障害物を避けて通るように作られているはずなのだが、機械にさえ人間扱いしてもらえないというのは一体どういう事なんだろう？

「……。なんていうか、不幸だ」

とか何とか言いながら、上条当麻《かみじょうとうま》は鏡を見れば自分の顔に驚いていただろう。彼の顔は誰がどう見ても笑っていた。

やはり心のどこかに引っかかっていたのだ。『魔術師』という言葉は信じられなくても、怪しげな新興宗教の連中が一人の女の子を追い掛け回している、と解釈する事もできる。

それが何でもない、いつもの姿（？）で現れた事が嬉《うれ》しかった。

そんな理屈を取っ払っても、もう一度再会できた事が何故《なぜ》だか純粋に嬉しかった。

上条は思い出す。たった一つの忘れ物。渡し損ねた純白のフード。その存在が、まるでおまじないのように見えてくるのが不思議だった。

「おい！　こんな所でナニやってんだよ？」

声をかけて、走る。たったそれだけの作業で、何で遠足前夜の眠れない小学生みたいな気分にさせるんだろうと上条は思う。一歩一歩近づく事が、何で大作ＲＰＧの発売日にお店に向かうような気持ちにさせるんだろうと上条は考える。

インデックスはまだ気づかない。

上条当麻はそんな『インデックスらしい』仕草に笑みを噛《か》み殺して、
インデックスが血だまりの中に沈んでいる事に、ようやく気づいた。

「……、あ……？」

最初に感じたのは、むしろ驚きよりも戸惑いだった。

たむろする清掃ロボットの陰になっていて見えなかったのだ。うつ伏せに倒れたインデックスの背中――ほとんど腰に近い辺りが、真横に一閃《いっせん》されている。まるで定規《じょうぎ》とカッターナイフを使って段ボールへ一直線に切り込みを入れたような刃物の傷。腰まである長い銀髪の毛先は綺麗《きれい》に切り揃《そろ》えられ、その銀髪も傷口から溢《あふ》れ出す赤色に染め上げられていく。

上条《かみじょう》は一瞬、それを『人間の血液』と認識する事ができなかった。

一瞬前と一瞬後。あまりにギャップのありすぎる現実《リアル》が、思考を混乱させた。真っ赤な真っ赤な……ケチャップ？　空腹でぶっ倒れる直前のインデックスが最後の力を振り絞ってケチャップでも吸っていたのかと、そんな微笑《ほほえ》ましい絵を想像して上条は笑おうとする。

笑おうとしたけど、笑えない。

そんな事、できるはずがない。

三台の清掃ロボットがぎこぎこ音を立てて小刻みに前後する。床の汚れを掃除している。床に広がる赤色を、インデックスの体から溢れる赤色を。薄汚れた雑巾《ぞうきん》で傷口をほじくり返すように、インデックスの体の中身を残らず吸い出すように。

「や、……めろ。やめろっ！　くそ!!」

ようやく上条の目が現実にピントを合わせた。重傷のインデックスに群がる清掃ロボットに慌てて掴《つか》みかかる。盗難防止のため無駄に重たい清掃ロボットは馬力もあって、なかなか引き剝《は》がす事ができない。

もちろん、清掃ロボットは『床に広がり続ける汚れ』を掃除しているのであって、直接インデックスの傷口には触れていない。それでも上条には清掃ロボットが腐りかけた傷口に群がる羽虫のように見えた。

そこまで思っているのに。一台でさえ重たく馬力のある清掃ロボット、それが三台にもなると全《すべ》てを引き剝がせない。一台に気を取られていると他《ほか》の二台が『汚れ』に向かってしまう。

神様でも殺せる男のくせに。

こんなオモチャをどかす事さえ、できない。

インデックスは何も言わない。

血の気を失って紫色になった唇は、呼吸しているかどうかさえ怪しいほどに動かなかった。

「くそ、くそっ!!」混乱した上条は思わず叫んでいた。「何だよ、一体何なんだよこれは!? ふざけやがって、一体どこのどいつにやられたんだ、お前!!」

「うん？　僕達『魔術師』だけど？」

だから――――だからこそ、背後からかかった声は、インデックスのものではない。

殴りかかるように上条は体ごと振り返る。エレベーター……ではない。その横にある非常階段から、男はやってきたようだった。

白人の男は二メートル近い長身だったが、顔は上条より幼そうに見えた。

歳《とし》は……おそらくインデックスと同じ十四、五だろう。その高い身長は外国人特有のものだ。服装は……教会の神父が着ているような、漆黒の修道服。ただしコイツを『神父さん』と呼ぶ人間は世界中を探しても一人として存在しないだろう。

相手が風上に立っているせいか、十五メートル以上離れた上条の鼻にも甘ったるい香水の匂《にお》いが感じ取れる。肩まである金髪は夕焼けを思わせる赤色に染め上げられ、左右一〇本の指には銀の指輪がメリケンのようにギラリと並び、耳には毒々しいピアス、ポケットから携帯電話のストラップが覗《のぞ》き、口の端では火のついた煙草《たばこ》が揺れて、極めつけには右目のまぶたの下にバーコードの形をした刺青《タトゥー》が刻み込んである。

神父と呼ぶにも、不良と呼ぶにも奇妙な男。

通路に立つ男を中心とした、辺り一帯の空気は明らかに『異常』だった。

まるで今まで自分が使ってきた常識が全部通用しないような、まったくもって別のルールが支配しているような――――そんな妙な感覚が氷の触手のように辺り一帯に広がっている。

上条が最初に感じたのは、『恐怖』でもなければ『怒り』でもない。

『戸惑い』と『不安』。まるで言葉も分からない異国でサイフを盗まれたような、絶望的な孤独感。じりじりと、体の中へ広がる氷の触手のような感覚に心臓は凍り、上条は思い至る。

これが、魔術師。

ここは、魔術師という違うモノが存在してしまう、一つの『異世界』と化していた。

一目で分かる。

魔術師なんて言葉は今でも信じられないけれど、
これは、間違いなく自分の住んでいる常識《セカイ》の『外』の住人だという事が。

「うん？　うんうんうん、これはまた随分と派手にやっちゃって」口の端の煙草《たばこ》を揺らしながら魔術師はあちこち見回す。「神裂《かんざき》が斬《き》ったって話は聞いたけど……、まぁ。血の跡がついてないから安心安心とは思ってたんだけどねぇ」

魔術師は上条当麻《かみじょうとうま》の後ろでたむろしている清掃ロボットを見る。

おそらくインデックスはどこか別の場所で『斬られて』、ここまで命からがら逃げてきた所で力尽きた。途中、辺りにべったりと鮮血をなすりつけただろうが、それらは全《すべ》て清掃ロボットが綺麗《きれい》に拭《ぬぐ》い去ってしまったのだ。

「けど、何で……」

「うん？　ここまで戻ってきた理由かな。さあね、忘れ物でもしたんじゃないのかな。そういえば昨日背中を撃った時点では被り物《フード》があったけど、あれってどこで落としたんだろうね？」

目の前の魔術師は『戻ってきた』と言った。

つまり、今日一日のインデックスの行動を追尾していた。そして修道服『歩く教会』の一部《フード》を忘れている事も掴《つか》んでいる。

インデックスは『歩く教会』の魔力は探知《サーチ》されている、とか言っていた。

となると、この魔術師達はインデックスの『歩く教会』が持つ『異能の力』を感知して追い掛けていた訳だ。『歩く教会』が破壊された事を知っているのも、『信号』が途切れた事を知ったから————これも確かインデックスから聞いた。

けど、それはインデックスも分かっていたはずだ。

分かっていながら、それでも『歩く教会』の防御力に頼ってきたらしいんだから。

けど、それなら彼女は一体何のためにここまで戻ってきた？　破壊されて使えもしない『歩く教会』の一部をどうして回収する必要がある？　上条の右手のせいでもう『歩く教会』全体《そのもの》が使い物にならなくなったのなら、その一部《フード》を回収したって何の意味もないというのに……。

『……、じゃあ。私と一緒に地獄の底までついてきてくれる？』

不意に、全てが繋《つな》がった。

上条は思い出す。上条の部屋に置き去りにした『歩く教会』の残骸《フード》。上条は、アレには触れていない。つまり被り物には魔力が残っている。それを探知して魔術師がやってきてしまうかもしれないと、彼女は考えた。

だから、インデックスはわざわざ危険を冒して『戻ってきた』。

「……、ばっかやろう」

そんな事する必要はないのに。『歩く教会』を壊したのは上条《かみじょう》の不手際だし、部屋に忘れた被り物《フード》にしたって上条は気づいていながらわざと部屋に放置しておいた。そして何より――インデックスは、上条の人生を守り抜く義理も義務も権利だってありはしないはずなのに。

それでも、彼女は引き返さなければ気が済まなかった。

赤の他人の、出会って三〇分も経《た》っていない上条当麻《とうま》の事を。

命を賭《か》けて、魔術師達との戦いに巻き込ませないために。

戻ってこなければ、気が済まなかった。

「――ばっかやろうが!!」

ピクリとも動かないインデックスの背中が、妙に癇《かん》に障った。

前に、上条の『不幸』はこの右手のせいらしい、という話をインデックスから聞いた。

何でも『神様のご加護』とか『運命の赤い糸』とか、そういう微弱な『異能の力』さえ、右手は無意識の内に打ち消してしまっているらしい。

そして、上条が不用意に右手で彼女に触れなければ、修道服『歩く教会』を壊していなければ、少なくても彼女が戻ってくる事はなかった。

いや、良い。そんな言い訳はどうでも良い。

右手が何だろうが『歩く教会』が壊れていようが、彼女がここに戻ってくる必要はなかった。

上条が、『繋《つな》がり』なんぞ求めなければ。

あの時、あの瞬間。キチンと彼女が落としたフードを返していれば。

「うん？　うんうんうん？　嫌だな、そんな目で見られても困るんだけどね」魔術師は口元の煙草《たばこ》を揺らし、「ソレを斬《き》ったのは僕じゃないし、神裂《かんざき》だって何も血まみれにするつもりなどなかったんじゃないかな。『歩く教会』は絶対防御として知られるからね。本来ならあれぐらいじゃ傷もつかないはずだったのさ。……まったく、何の因果でアレが砕けたのか。聖《セント》ジョージのドラゴンでも再来しない限り、法王級の結界が破られるなんてありえないんだけどね」

言葉の終わりは独り言のように、それでいて笑みが消えていた。

だが、それも一瞬。すぐに思い出したように口の端の煙草が小さく揺れる。

「なんで、だよ？」思わず、答えを期待していないのに上条の口は動いていた。「何でだよ。俺《おれ》は魔術なんて絵本《メルヘン》信じらんねえし魔術師《テメエら》みてえな生き物は理解できねえよ。それでもお前達にも正義と悪ってモンがあるんだろ？　守る物とか護る者とかあるんだろ……？」

そんな事、偽善使い《フォックスワード》に言えた義理ではない事は良く分かっている。

上条当麻は、去っていくインデックスをそのまま見捨てて日常へ帰ったんだから。

それでも、言わない訳にはいかなかった。

「こんな小さな女の子を、寄ってたかって追い回して、血まみれにして。これだけの現実《リアル》を前に！　テメエ、まだ自分の正義を語る事ができんのかよ!!」

「だから、血まみれにしたのは僕じゃなくて神裂なんだけどね」

なのに、魔術師は一言で断じた。微塵《みじん》も欠片《かけら》も、響いていなかった。

「もっとも、血まみれだろうが血まみれじゃなかろうが、回収するものは回収するけどね」

「かい、しゅう？」意味が分からない。

「うん？　ああそうか、魔術師なんて言葉を知ってるから全部筒抜《つつぬ》けかと思ってたけど。ソレは君を巻き込むのが恐《こわ》かったみたいだね」魔術師は煙草《たばこ》の煙を吐いて、「そう、回収だよ回収。正確にはソレじゃなくて、ソレの持ってる一〇万三〇〇〇冊の魔道書だけどね」

……また、『一〇万三〇〇〇冊の魔道書』だ。

「そうかそうか、この国は宗教観が薄いから分からないかもしれないね」魔術師は笑っているのにつまらなそうな声で、「Index-Librorum-Prohibitorum――この国では禁書目録《きんしょもくろく》って所か。これは教会が『目を通しただけで魂まで汚れる』と指定した邪本悪書《じゃほんあくしょ》をズラリと並べたリストの事さ。危険な本が出回っていると伝令しても、タイトルが分からなければ知らず知らずの内に手に取ってしまうかもしれないからね。――かくして、ソレは一〇万三〇〇〇冊もの『悪い見本』を抱えた、毒書《どくしょ》の坩堝《るつぼ》と化したって訳だ。ああ、注意したまえ。ソレが持ってる本ね、宗教観の薄いこの国の住人なら、一冊でも目を通せば廃人コースは確定だから」

そんな事を言ったって、インデックスは一冊の本も持っていない。あんな体のラインがはっきり見える修道服なら服の下に隠したって分かるはずだ。大体、一〇万冊もの本を抱えて人が歩けるはずがない。一〇万冊って……それは図書館一つ分もあるんだから。

「ふ、ざけんなよ！　そんなもん、一体どこにあるって言うんだ⁉」

「あるさ。ソレの記憶《あたま》の中に」

サラリと。魔術師は当然のように答えた。

「完全記憶能力、って言葉は知ってるかな？　何でも、『一度見たものを一瞬で覚えて、一字一句を永遠に記憶し続ける能力』だそうだよ。簡単に言えば人間スキャナだね」魔術師はつまらなそうに笑い、「これは僕達みたいな魔術《オカルト》でも君達みたいな超能力《SF》でもなく、単なる体質らしいけど。彼女の頭はね、大英博物館、ルーブル美術館、バチカン図書館、華子城《パータリプトラ》遺跡、コンピエーニュ古城、モン＝サン＝ミシェル修道院……。これら世界各地に封印され持ち出す事のできない『魔道書』を、その目で盗み出し保管している『魔道図書館』って訳なのさ」

信じられる、はずがない。

魔道書なんて言葉も、完全記憶能力なんて言葉も。

だけど、重要なのはそれが『正しい』かどうかじゃない。こうして目の前に、実際にそれを正しいと『信じて』少女の背中を斬《き》り刻んだ人間がいる事だ。

「ま、彼女自身は魔力を練《ね》る力がないから無害なんだけど」魔術師は愉快げに口の端の煙草を揺らし、「そんな安全装置《ストッパー》を用意する辺り、『教会』にもいろいろ考えがあるんだろうね。まあ魔術師の僕には関係ないけど。とにかくその一〇万三〇〇〇冊は少々危険な代物なんだ。だから、使える連中に連れ去られる前にこうして僕達が保護しにやってきた、って訳さ」

「ほ……、ご？」

上条《かみじょう》は愕然《がくぜん》とした。これだけ真っ赤な光景を前に、この男は今なんて言った？

「そうだよ、そうさ。保護だよ保護。ソレにいくら良識と良心があったって拷問《ごうもん》と薬物には耐えられないだろうしね。そんな連中に女の子の体を預けるなんて考えたら心が痛むだろう？」

「……、」

カチカチと。体のどこかが震えていた。

それは単純な怒りではない。現に上条の腕には鳥肌が立っている。目の前の男の、自分だけは正しいという考え方。自分の間違いが見えないという生き方。それら全《すべ》てが、まるで何万匹ものナメクジで満たした風呂《ふろ》に突き飛ばされたみたいな悪寒を全身に駆けずり回らせる。

狂信集団《マッドカルト》、という言葉がじわりと脳に染み込んでくる。

そんな根拠も理論もない『妄信《もうしん》』のために人間狩りをする魔術師に頭の神経がブチ切れて、

「て―――メエ、何様だ!!」

バギン、と、右手が怒りに呼応するように熱を帯びたような気がした。

地面に縫《ぬ》い留められていた二本の脚が、考えるより早く動く。血と肉の詰まった鈍重な体が弾丸みたいに魔術師へ向かう。右手を、五本の指を粉々に砕く勢いで握り締める。

右手なんて役に立たない。不良の一人も倒せずテストの点も上がらず女の子にもモテない。

だけど右手はとても便利だ。目の前の、クソ野郎を殴り飛ばす機能があるんだから。

「ステイル＝マグヌスと名乗りたい所だけど、ここはFortis931と言っておこうかな」

なのに、魔術師は口の端を歪《ゆが》めて煙草《たばこ》を揺らしているだけだった。

口の中で何かを呟《つぶや》いた後、まるで自慢の黒猫でも紹介するように上条に告げる。

「魔法名だよ、聞き慣れないかな？　僕達魔術師って生き物は、何でも魔術を使う時には真名《まな》を名乗ってはいけないそうだ。古い因習だから僕には理解ができないんだけどね」

両者の距離は十五メートル。

上条当麻《とうま》はたった三歩でその距離を半分に縮める。

「Fortis――日本語では強者と言った所か。ま、語源はどうだって良い。重要なのはこの名を名乗りあげた事でね、僕達の間では、魔術を使う魔法名というよりも、むしろ――」

さらに二歩、上条当麻は勢い良く通路を駆け抜ける。

それでも魔術師は笑みを崩さない。上条では笑みを消す相手にもならないとでも言うように。

「――殺し名、かな？」

魔術師、ステイル＝マグヌスは口の煙草を手に取ると、指で弾《はじ》いて横合いへと投げ捨てた。

火のついた煙草は水平に飛んで、金属の手すりを越え、隣のビルの壁に当たる。

オレンジ色の軌跡《ライン》が残像のように煙草の後を追い、壁に当たって火の粉を散らす。

「炎よ《Kenaz》――」

ステイルが呟いた瞬間、オレンジの軌跡《ライン》が轟《ごう》！　と爆発した。

まるで消火ホースの中にガソリンを詰めて噴いたように、一直線に炎の剣が生み出される。

ジリジリと、写真をライターで炙《あぶ》るように塗装《とそう》が変色していく。

触れてもいないのに、それを見ただけで目を焼かれるような気がして、上条《かみじょう》は思わず足を止めて両手で顔を庇《かば》っていた。

ザグン！　と上条の足が地面に杭《くい》で打ちつけられたように止まってしまう。

ふとした、疑問。

幻想殺し《イマジンブレイカー》はあらゆる『異能の力』を一撃で打ち消す事ができる。それは『災害級《レベル5》』と呼ばれる、核シェルターさえ一撃で破壊しかねない御坂美琴《ビリビリおんな》の超電磁砲《レールガン》でさえも例外ではない。

けれど、逆に言えば。

上条は未《いま》だ『超能力』以外の『異能の力』を見た事がない。

つまり、試した事がない。

魔術に。

魔術なんていう得体の知れない力に、本当に上条の右手は通用するのか？

「────巨人に苦痛の贈り物《PurisazNaupizGebo》を」

顔を庇《かば》った両手の向こうで、魔術師は笑っていた。

ステイル＝マグヌスは笑いながら、灼熱《しゃくねつ》の炎剣《えんけん》を横殴りに上条当麻《とうま》へ叩《たた》き付けた。

それは触れた瞬間にカタチを失い、まるで火山の奔流《ほんりゅう》のように辺り構わず全《すべ》てを爆破した。

熱波と閃光《せんこう》と爆音と黒煙が吹き荒れる。

「やりすぎたか、な？」

まさしく爆弾による爆破事件を前に、ステイルはぼりぼりと頭を掻《か》いた。一応、辺り一帯の人の出入りはチェックしている。夏休み初日の男子寮という事でほとんどの住人は外に出払っていた。が、友達のいない引きこもりがいるとなると少し厄介《やっかい》になる。

眼前は黒煙と火炎のスクリーンに覆われている。

だが、いちいち見なくても分かる。今の一撃は摂氏《せっし》三〇〇〇度の炎の地獄だ。人肉は二〇〇〇度以上の高熱では『焼ける』前に『溶ける』らしいから、飴《あめ》細工のようにひしゃげた金属の手すりと同じく、学生寮の壁に吐き捨てたガムのようにべっとりこびりついている事だろう。

つくづく、あの少年をインデックスから引き剝《は》がして正解だったとステイルは息を吐いた。あそこで傷だらけのインデックスを盾にされたら少し厄介な展開になっていただろう。

……しっかし、これではインデックスを回収できないな。

ステイルはため息をつく。炎の壁を挟んで通路の向こうにいるインデックスの元まで歩いていく事はできない。通路の反対側に非常階段でもあれば良いが、回り道をしている間にインデックスが炎に巻かれてしまっては笑い話にもならない。

ステイルはやれやれと首を振りながら、もう一度だけ煙の中を透かし見るように、言った。

「ご苦労様、お疲れ様、残念だったね。ま、そんな程度じゃ一〇〇〇回やっても勝てないって事だよ」

「誰《だれ》が、何回やっても勝てねえって?」

ギクリ、と。炎の地獄の中から聞こえてきた声に、魔術師の動きが一瞬で凍結する。

轟《ごう》! と辺り一面の火炎と黒煙が渦を巻いて吹き飛ばされた。

まるで、火炎と黒煙の中央でいきなり現れた竜巻が全《すべ》てを吹き飛ばすように。

上条当麻《かみじょうとうま》はそこにいた。

飴《あめ》細工のように金属の手すりはひしゃげ、床や壁の塗装《とそう》はめくれ上がり、蛍光灯は高熱で溶けて滴《したた》り落ち――――そんな炎と灼熱《しゃくねつ》の地獄の中、傷一つなく少年はそこに佇《たたず》んでいた。

「……、ったく。そうだよ、何をビビってやがんだ――――」

上条は、本当につまらなそうに口の端を歪《ゆが》めて一人で呟《つぶや》いた。

「――――インデックスの『歩く教会』をぶち壊したのだって、この右手だったじゃねーか」

上条は正直、『魔術』なんて言われても何も理解できない。

それがどんな仕組みで動いているものなのか、見えない所で一体何が起きているのか。上条はきっと一から十まで説明されたって半分も理解できないだろう。

だけど、バカな上条でも一つだけ分かる事がある。

所詮《しょせん》、ただの『異能の力』だ。


吹き飛ばされた真紅の火炎は、完全には消滅しない。

まるで上条を取り囲むように、綺麗《きれい》な円を描いてジリジリと燃え続けている、が。

「邪魔だ」

一言。摂氏《せっし》三〇〇〇度の魔術の炎に上条の右手が触れた瞬間、全ての炎が同時に消し飛んだ。

まるで、バースデーケーキに刺さったロウソクをまとめて吹き消すように。

上条当麻は目の前の魔術師を見る。

目の前の魔術師は、突然の『予想外』に対し、人間みたいにうろたえていた。

いいや、これは人間だった。

ぶん殴れば痛みを感じるし、一個一〇〇円のカッターで切りつければ赤い血を流す、ただの人間だった。

もう上条は、恐怖で足がすくんだり、緊張で体が固まったりはしない。

いつものように、手足は動く。

動く！

「————、な」

その一方で、ステイルは目の前の理解不能な現象に危うく一歩後ろへ下がる所だった。

周囲の状況を見れば、先の一撃が不発だったとは考えられない。だとすれば、あの少年は生身の体で摂氏《せっし》三〇〇〇度を受け止めるほどの強度があるのか？　いや、それはもう人間ではない。

上条《かみじょう》当麻《とうま》はステイルの混乱など気にも留めない。

熱を帯びる右手を岩のように強く握り締めながら、ゆらりとステイルの元へ、一歩

「チッ!!」

ステイルは右手を水平に振るう。生み出される炎剣《えんけん》を同じように、勢い良く叩《たた》きつける。

爆発が起きた。火炎と黒煙が撒《ま》き散らされた。

けれど、火炎と黒煙が吹き飛ばされた後には、やはり上条当麻は同じように佇《たたず》んでいる。

……、まさか。魔術を————？

ステイルは口の中で呟《つぶや》いたが、即座に否定する。こんな魔術はおろか降誕祭《クリスマス》を交尾の日《デート》とし

か感じないようなとぼけた国に魔術師なんているはずがない。

それに、——それに、魔力を持たないインデックスが『魔術師』と手を組めば、そもそも

『逃げ出す』必要はどこにもない。それほどまでにインデックスの記憶は危険なのだ。

一〇万三〇〇〇冊の魔道書とは、単に核ミサイルを持つのとは訳が違う。

生き物は必ず死ぬ、上から落としたリンゴは下に落ちる、1＋1＝2……。そんな、世界としては当たり前で、変えようのない『ルール』そのものを破壊し、組み替え、生み出す事ができる。1＋1は3になり、下から落としたリンゴは上に落ち、死んだ生き物が必ず生き返る。

魔術師達は、その名を魔神と呼ぶ。

魔界の神ではなく、魔術を極めて神の領域にまで辿《たど》り着いた魔術師、という意味の。

魔神。

しかし、目の前の少年からは『魔力』を感じられない。

魔術師ならば、一目で見れば分かる。あれには魔術師という『同じ世界の匂《にお》い』がしない。

ならば、何故《なぜ》？

「!!」

ぶるっと。全身に走る震えをごまかすように、さらに炎剣を生み出し上条へ叩《たた》きつける。

今度は爆発さえ起きなかった。

上条が羽虫でも振り払うように右手で炎剣を叩いた瞬間、ガラスが砕けるように炎剣が粉々に砕け散り、虚空へ溶けるように消えてしまった。

摂氏三〇〇〇度の炎の剣を、何の魔術強化も施していない生身の右手で、叩き砕いた。

「――――――、ぁ」

唐突に。本当に唐突に、ステイル＝マグヌスの脳裏に何かが浮かぶ。

インデックスの修道服『歩く教会』は法王級《ぜったい》で、その結界の力はロンドンの大聖堂に匹敵する。アレを破壊するには伝説にある聖《セント》ジョージのドラゴンでも現れない限り絶対に不可能だ。

しかし、現に神裂《かんざき》に斬《き》られたインデックスの『歩く教会』は完膚なきまで破壊されていた。

一体、誰《だれ》が？　全体、どうやって？

「…………………………………………………………、」

上条当麻《かみじょうとうま》はもうステイルの目の前まで歩いてきている。

あと一歩踏み込んだだけで、殴りかかれるほど近くまで。

「――世界を構築する五大元素の一つ、偉大なる始まりの炎よ《MTWOTFFTOIIGOIIOF》」

ステイルの全身から嫌な汗が噴き出した。目の前の夏服を着た生き物が、人間のカタチをしているからこそ。その皮の中には、血や肉ではなくもっと得体の知れないドロドロした何かが詰まっているような気がして、ステイルは背骨が震えるかと思った。

「それは生命を育む恵みの光にして、邪悪を罰する裁きの光なり《IIBOLAIIAOE》。

それは穏やかな幸福を満たすと同時、冷たき闇を滅する凍える不幸なり《IIMHAIIBOD》。

その名は炎、その役は剣《INFIIMS》。

顕現せよ、我が身を喰らいて力と為せ《ICRMMBGP》――――ッ！」

ステイルの修道服の胸元が大きく膨《ふく》らんだ瞬間、内側からの力でボタンが弾《はじ》け飛んだ。

轟《ごう》！という炎が酸素を吸い込む音と同時――服の内側から巨大な炎の塊が飛び出した。

それはただの炎の塊ではなかった。

真紅に燃え盛る炎の中で、重油のような黒くドロドロしたモノが『芯《しん》』になっている。それは人間のカタチをしていた。タンカーが海で事故を起こした時、海鳥が真っ黒な重油でドロドロに汚れたような――そんなイメージを植え付けるモノが、永遠に燃え続けている。

その名は『魔女狩りの王《イノケンティウス》』。その意味は『必ず殺す』。

必殺の意味を背負う炎の巨神は両手を広げ、それこそ砲弾のように上条当麻へ突き進み、

「邪魔だ」


ボン!!　と。

裏拳《うらけん》気味に、目の前のクモの巣を振り払うぐらいの面倒臭さで。

上条当麻はステイル＝マグヌスの最後の切り札を吹き飛ばした。まるで水風船を針で刺したように、炎の巨神を象《かたど》る重油の人型は、飛沫《しぶき》となって辺り一面に飛び散った。

「……、？」

その時。上条当麻が最後の一歩を踏み込まなかったのは、何か理屈があった訳ではない。

だが、最後の切り札を潰《つぶ》されたステイルはそれでも笑っていた。その表情が、不用意に最後の一歩を踏み込む事をためらわせた。

ビュルン!!　と粘性の液体が飛び跳ねる音が四方八方から響き渡る。

「な、――――ッ!?」

驚いて上条《かみじょう》が一歩後ろへ下がった瞬間、四方八方から戻ってきた黒い飛沫《しぶき》が空中で寄り集まり、再び人のカタチを作り上げた。

あのまま一歩進んでいれば、間違いなく四方八方から襲いかかる炎の中へ取り込まれていた。

上条は目の前の光景に混乱しそうになる。上条の右手『幻想殺し《イマジンブレイカー》』の謳《うた》い文句が正しければ、それは神話に出てくる神様の奇跡《システム》さえ一撃で打ち消してしまう。アレが『魔術』とかいう『異能の力』である以上、たった一度触れただけで『全《すべ》てを無効化』させるはずなのに……。

炎の中の重油はのたくり、カタチを変え、まるで両手で剣を持っているような形になる。

いや、それは剣ではない。人間でも磔《はりつけ》にするような、二メートル以上の巨大な十字架だ。

ソレは大きく両腕を振り上げると、ツルハシでも振り下ろすように上条の頭に襲いかかる。

「……っ!!」

上条はとっさに右手で受け止めた。元より上条は右手を除けば単なる高校生だ。目の前の攻撃を見切って避けるような戦闘スキルは持ち合わせない。

ガギン!　と十字架と右手がぶつかり合う。

今度は『消える』事さえなかった。まるでゴムの塊でも握り締めているように、ともすれば上条の指の方が押し負かされそうになる。相手は両手で、こちらは右手しか使えない。ジリジリと。炎の十字架が上条の顔へと一ミリ一ミリ近づいてくる。

混乱する上条は、かろうじて気づく事ができた。この炎の塊『魔女狩りの王《イノケンティウス》』は確かに上条の幻想殺し《イマジンブレイカー》に反応している。だが、消滅した直後に復活しているのだ。おそらく消滅と復活のタイムラグは一秒の一〇分の一にも満たないだろう。

右手を、封じられた。

たった一瞬でも手を離せば、おそらくその瞬間に『魔女狩りの王』に灰にされる。

「――――ルーン」

と、上条当麻《とうま》の耳が何かを捉《とら》えた。

目の前の危機のせいで後ろを振り返る訳にはいかない。だが、誰《だれ》の声かは一瞬で分かった。

「――――『神秘』『秘密』を指し示す二四の文字にして、ゲルマン民族により二世紀から使われる魔術言語で、古代英語のルーツとされます」

だが、上条はそれがインデックスの声だと分かっているのに、信じられなかった。

「な……、」

こんなにボロボロで、こんなに血まみれで、どうしてこんな冷静に話せるんだ？

「――――『魔女狩りの王』を攻撃しても効果はありません。壁、床、天井。辺りに刻んだ『ルーンの刻印』を消さない限り、何度でも蘇《よみがえ》ります」

押される右手の手首を左手で摑《つか》んで、かろうじて上条当麻は十字架との均衡を保つ。

上条《かみじょう》は、恐る恐る振り返る。

そこには、確かに一人の少女が倒れていた。けれど、上条は『それ』をインデックスと呼ぶ事ができなかった。まるで機械のような、あまりにも感情の欠落した瞳《ひとみ》。

一言一言、告げるたびに背中の傷から血が溢《あふ》れていく。

そんな事にも全く気に留めない、まさしく魔術を説明するためだけの『装置《システム》』。

「お、まえ――――インデックス、だよな？」

「はい。私はイギリス清教内、第零聖堂区《ゼロ》『必要悪の教会《ネセサリウス》』所属の魔道書図書館です。正式名称はIndex-Librorum-Prohibitorumですが、呼び名は略称の禁書目録《インデックス》で結構です」

魔道書図書館――――禁書目録という生き方に、上条は自分を殺そうとする炎の巨神《イノケンティウス》の事さえ忘れそうになってしまう。それほどまでの『寒気』がそこにある。

「自己紹介が済みましたら、元のルーン魔術に説明を戻します。――――それは簡単に言えば、夜の湖に映る月と同じ……いくら水面《みなも》を剣《つるぎ》で切り裂いても意味はありません。水面に映る月を斬《き》りたければ、まずは夜空に浮かぶ本物の月に刃《やいば》を向けなければ」

そこまで『説明』されて、上条はようやく目の前の敵《イノケンティウス》の事を思い出した。

ようは、これは『異能の力』の本体ではない、という事か？　写真とネガのように、どこかでこの炎の巨神を作っている『他の異能の力』を潰《つぶ》さない限り、何度でも復活してしまう……？

この期に及んで、上条はまだインデックスの言葉を完全に信じられなかった。

どこまで行っても、魔術なんて存在しないという『常識』という言葉が胸にこびりつく。

しかし、『魔女狩りの王《イノケンティウス》』に右手を封じられて身動きが取れない状態では、どの道試してみる事もできない。血まみれのインデックスに協力を仰ぐというのも難しい話だろう。

「灰は灰に《AshToAsh》――――」

ギョッとした。炎の巨神の向こうで、ステイルは右手に炎剣を生み出している。

「――――塵は塵に《DustToDust》――――」

さらにもう一本。左手には青白く燃える炎剣《えんけん》が音もなく伸びる。

「――――吸血殺しの紅十字《Squeamish Bloody Rood》！」

力ある言葉と同時、左右から炎の巨神ごと引き裂くように、大ハサミのように二本の炎剣が水平に襲いかかる。『魔女狩りの王』に右手を封じられた上条はこれ以上防ぐ事ができない。

（ヤ、バ…………とりあえず、逃げ――――ッ!!）

上条当麻《とうま》が何かを叫ぶ前に。

二本の炎剣と炎の巨神が激突し、一つの巨大な爆弾と化して大爆発を巻き起こした。

7

炎と煙が晴れてみれば、辺り一面は地獄だった。

金属の手すりは飴細工《あめざいく》のようにひしゃげ、床のタイルさえも接着剤のように溶け出している。壁の塗装《とそう》は剝《は》がれてコンクリートが剝《む》き出しになっている。

少年の姿はどこにもなかった。

だが、階下の通路を走り去る足音が一つ、ステイルの耳に届いた。

「……、『魔女狩りの王《イノケンティウス》』」

ささやくと、辺り一面の炎は人のカタチを取り戻し、手すりを越えて足音を追う。

内心で、ステイルは驚いていた。何の事はない。爆発の直前、ステイルの両手剣が炎の巨神を切り裂いた一瞬を突いて、上条《かみじょう》は右手を離して手すりを飛び越えたのだ。

落下した上条は一階下の手すりに摑《つか》まって、通路に体を乗り上げたんだろう。命綱も何もなく、ただの根性度胸で実行するにはあまりに命知らずだと思う。

「だけど、まぁ」

ステイルはそっと微笑《ほほえ》む。インデックスの一〇万三〇〇〇冊の知識によってルーンの弱点は突かれた。その通り、ステイルの扱うルーン魔術は『刻印』を刻む事で力を発動させる。逆に言えば『刻印』を消されてしまえばどんな強大な魔術も無効化されてしまう。

「だけど、それが何だ」ステイルは余裕の表情で、「君にはできないよ。この建物に刻んだルーンを完全に消滅させるなんて、君には絶対に無理だ」

「死ぬ！　ホントに死ぬ！　ホントに死ぬかと思った!!」

命綱もなしに七階の手すりから飛んだ上条は、未《いま》だに心臓がバクバクしていた。

一直線の通路を走りながら上条はあちこちを見回す。インデックスの助言を完全に信じた訳ではない。とにかく一度『魔女狩りの王《イノケンティウス》』から逃げて体勢を立て直そうと考えているだけだ。

「ちっくしょう！　一体全体何なんだよこりゃあ!!」

だが、目の前の光景を前に上条は思わず絶叫してしまう。

この広い学生寮のどこにルーンが刻んであるか——なんて話ではなかった。むしろ、そんなものはとっくに見つかっている。床の上に、ドアの前に、消火器の腹に。テレホンカードぐらいの大きさの紙切れが、建物中のあらゆる場所に耳なし芳一《ほういち》みたいに貼《は》り付けてある。

禁書目録《インデックス》の助言（あの人形みたいな顔は思い出したくないが）によれば、この魔術は結界っていう妨害電波みたいなもので、あの紙切れ《ルーン》は妨害電波を飛ばすアンテナみたいなもの……なんだろうか？　って言っても、あんな何万枚もある紙切れ《アンテナ》を全部剝《は》がすなんてできるのか？

轟《ごう》！　という酸素を吸い込む音と同時、金属の手すりの向こうから人型の炎が降ってきた。

「くそっ!!」

もう一度捕まったらもう引き剝《は》がす事はできない。上条はとっさに横合いの非常階段へと飛び込んだ。下へ下へと飛び降りていく間にも、階段の隅や天井にルーン文字とやらの怪しげな記号の書かれた紙切れがセロテープで貼《は》り付けてあるのが見える。

それは、明らかにコピー機を使って大量生産したものだった。

こんなちゃちい偽物《モン》で効果あんのかよ、と上条はキレそうになるが、そう言えば少女マンガの付録でもタロット占いはできるし聖書だって印刷所で大量印刷《コピー》している事に気づく。

(なんていうか……オカルトって、ずるい)

泣きそうになる。おそらく建物全体で何万枚と貼り付けてある『ルーンの刻印』。その全《すべ》てを一枚残らず見つけ出す、なんて事ができるだろうか？　しかも、こうしている今も、ステイルは新たにコピー用紙をあちこちに貼り直しているかもしれないのに……。

考えを断ち切るように、階段の上から『魔女狩りの王《イノケンティウス》』が降ってきた。

「くそっ！」

これ以上階段を下りるのは諦《あきら》め、横合いへ転がるように通路へ出る。床に激突した炎の巨神が辺りに炎を撒《ま》き散らし、バウンドしながら通路へ飛び出す。

通路は一直線で、単純な速さだけなら『魔女狩りの王《イノケンティウス》』を足で振り切る事はできない。

「……、ッ！」

上条《かみじょう》は非常階段の入口を見る。階数表示を見るとここは二階らしい。

轟《ごう》！　と『魔女狩りの王《イノケンティウス》』は上条の右手を捕縛するために一直線に襲いかかってくる。

「お、おおあっ!!」

上条は右手も使わず、後ろへ逃げ出さず——二階の手すりを勢い良く飛び越えた。

飛び降りて、初めて気づく。下はアスファルトで、何台もの自転車が停《と》めてあった。

「ひっ、わああああああああああああ!!」

かろうじて自転車と自転車の隙間《すきま》に着地できたが、そこは硬いアスファルト。ヒザを曲げてショックを吸収しようとしたが、足首が嫌な音を立てた。二階という高さのせいか折れた感じはしないが、どうやら少し足首を痛めたようだ。

轟《ごう》！　と頭上で炎が酸素を吸い込む音を上げる。

「!?」

上条は自転車を蹴散《けち》らすように地面を転がったが、それ以上何も起こらなかった。

？　と、上条は思わず頭上を見上げて首を傾《かし》げる。

ごうごうと音を立てる『魔女狩りの王《イノケンティウス》』は二階の手すりに張りついたまま、地上の上条をじっと見ている。まるで見えない壁に阻まれているように、上条の元へ行く事ができないらしい。

どうやら、ルーンを貼り付けてあるのはこの学生寮だけらしい。建物の外に出てしまえばステイルの炎から逃《のが》れる事ができるようだった。

こういう『ルール』を目の当たりにすると、魔術という目に見えない『仕組み《システム》』の一端を知った気持ちになる。RPGの魔法使いみたいに呪文《じゅもん》一つで何でもできるデタラメな相手ではなく、上条《かみじょう》の知る能力《PSY》と同じような一定のルールで動く類《たぐい》のものなんだろう。

はぁ、とため息をつく。

直接的な命の危機から解放されると、途端に上条は体から力が抜けた。思わず地面に座り込む。恐怖、ではない。もっと別の、けだるい疲労感に似た感覚が襲ってくる。このまま外へ逃げ切ってしまえば、もう危険は去るんじゃないのか。そんな考えまで浮かんでくる。

「そうだ、警察……、」

上条は呟《つぶや》いた。何で気づかなかったんだろう。学園都市の『警察』とは対能力者用の特殊部隊の事だ。上条がわざわざ死の特攻をかけなくても彼らに通報すれば良いじゃないか。

上条はズボンのポケットを探ったが、携帯電話は今日の朝、自分の足で踏んづけたんだった。

上条は表通りへ視線を向ける。公衆電話を探すために。

ここから逃げるためじゃない。

ここから逃げるためじゃない。

『……、じゃあ。私と一緒に地獄の底までついてきてくれる?』

なのに、その言葉は上条の胸にザグンと突き刺さった。

何も悪い事はしていないのに。何も悪い事はしていないはずなのに。

これと全く同じ状況で、インデックスは上条当麻《とうま》のために戻ってきたんだとしても。やっぱり上条は、出会って三〇分も満たない赤の他人と一緒に地獄へ落ちようなんて考えられない。

「ちくしょう、そうだよな……。地獄の底まで、ついて行きたくなけりゃあ」上条は笑いながら、「……地獄の底から、引きずり上げてやるしかねーよなぁ」

もういい加減、理解してやっても良いと思う。

どんな仕組みで魔術が動いているかなんて知らない。見えない所がどうなってるかなんて分かる必要もない。携帯電話でメールを打つのに設計図はいらないんだから。

「……、、、何だ。分かっちまえばどうって事ねーじゃねえか」

するべき事が分かっているなら、後は試してみれば良い。

たとえそれが失敗だったとしても、何もしないでいるよりはずっとマシだ。

轟《ごう》！　とオレンジ色にひしゃげた金属の手すりが降ってきて、上条は慌てて地面を転がった。

格好良く決めてみたのは良いが、インデックスを助けるためにはまずあの炎の巨神《イノケンティウス》をどうにかしないといけない。現実の問題として何万枚ものルーンの刻印をどうするかが残っている。

というか、建物中に貼《は》ってある紙切れを全《すべ》て剝《は》がす事なんてできるのか。

「……ってか、あんなに派手にやってよく火災報知器が動かねえな」

何気なく呟いてから、上条当麻の動きがピタリと止まった。

火災報知器？

建物中に設置された火災報知器のベルが、一斉に鳴り響いた。

「!?」

爆撃のような轟音の嵐《あらし》に、ステイルは思わず天井《てんじょう》を見上げる。

一秒すら待たずに取り付けられたスプリンクラーが台風のような人工の雨を撒《ま》き散らした。

一応、消防隊を呼ぶと面倒臭い事になるので『魔女狩りの王《イノケンティウス》』には警報装置《セキュリティセンサー》に触れないように命令文を書いてある。となると、上条当麻《かみじょうとうま》が火災報知器のボタンを押したんだろう。

まさか、『魔女狩りの王』という炎の塊を消すために？

「……、」

馬鹿馬鹿《ばか》しくて笑いも起きないが、そんなつまらない理由でびしょ濡《ぬ》れにされると思うと魔術師は頭の血管が切れるかと思った。

ステイルは壁に取り付けられた、真っ赤な火災報知器をいまいましげに睨《にら》みつける。

ベルを鳴らすのは簡単だが、こちらから止める事はできないだろう。夏休みの学生寮という事でほとんどの住人は出払っているが、消防隊がやってくると面倒な事になるかもしれない。

「……、ふむ」

ステイルはぐるりと辺りを見回し、それから手っ取り早くインデックスを拾って立ち去る事にした。目的はあくまでインデックスの回収で、上条を殺し尽くす事に夢中になる必要はない。

どうせ消防隊がくるまでのタイムラグで、自動追尾の『魔女狩りの王《イノケンティウス》』に抱き締められて真っ黒な炭か真っ白な灰にされているだろうし。

（……というか、エレベーターが止まっているなんて事はないだろうね）

緊急事態にはエレベーターは停止するように作られているらしい、という話を聞いた事がある。ステイルとしてはそっちの方が憂鬱《ゆううつ》だった。ここは七階だ。女の子とはいえ、ぐったりした人間を一人抱えて階段を下りるのは少し疲れる。

だから、背後からキンコーン、と電子レンジみたいな音が聞こえた時、ステイルは正直ホッとしていた。

それから、ふと我に返る。

誰《だれ》が？　誰がエレベーターに乗ってきた？

夏休みの夕暮れという時間帯、生徒達は完全に出払っていて学生寮が無人状態である事は確認済みだ。ならば、一体どこの誰が、全体どうしてエレベーターなんかを動かす必要がある？

がこがこ、と。ガラクタみたいなエレベーターの扉が開く音が鳴り響く。カツン、と。ただの一歩だけ、スプリンクラーに濡れた床を踏む足音が、通路に響く。

ステイルは、ゆっくりと振り返る。

一体どうして体の内側が小刻みに震えているのか、そんな理由も分からずに。

上条当麻《かみじょうとうま》が、そこにいた。


(……何だ？　自動追尾の『魔女狩りの王《イノケンティウス》』は一体どうしたんだ？)

ステイルの頭の中でぐるぐると思考が空回りする。『魔女狩りの王《イノケンティウス》』は戦闘機に積んだ最新鋭のミサイルと同じようなものだ。一度でもロックしたら最後、絶対に逃げ切る事はできないし、どこへ逃げようが隠れようが、三〇〇〇度という炎の塊は壁や障害物——そう、鋼鉄さえ溶かして一直線に進んでくる。普通に建物を走り回るだけで振り切る事なんてできるはずがない。

なのに、上条当麻はそこにいた。

不敵に。無敵に素敵に宿敵に、そして何より天敵として————立っていた。

「そーいや、ルーンってのは壁や床に『刻む』モンだったんだっけな」上条は冷たい人工の雨に打たれながら、「……ったく参ったぜ、アンタすげぇよ。正直、ホントにナイフ使って刻まれてたら勝ち目ゼロだったよ、こいつは周りに自慢したって構わねーぜ」

言いながら、上条当麻は右腕を上げて、人差し指で自分の頭上を指差した。

天井《てんじよう》。スプリンクラー。

「……、まさか。まさか！　三〇〇〇度もの炎の塊が、こんな程度で鎮火するものか！」

「ばーか。炎じゃねえよ、テメエは人ん家に何ベタベタ貼っつけてやがった、、、、、、、、、、、？」

ステイルは思い出す。学生寮に何万枚と仕掛けた『ルーン』はコピー用紙だった事を。紙は水に弱い。幼稚園児でも分かる理屈だ。

スプリンクラーを使って建物中を水浸しにしてしまえば、何万枚のルーン文字が仕掛けてあろうが問題ない。建物中を走り回る必要もなく、ボタン一つで全《すべ》ての紙切れを殺す事ができる。

魔術師は思わず顔面の筋肉を痙攣《けいれん》させて、

「────『魔女狩りの王《イノケンティウス》』！」

叫んだ瞬間、上条の背後から────エレベーターの扉をアメ細工のように溶かしながら、炎の巨神が通路に這い出てきた。

しゅうしゅう、と。炎の体に雨粒がぶつかるたびに獣の吐息のような蒸発音が響く。

「は、はは。あはははははは！　すごいよ、君ってば戦闘センスの天才だね！　だけど経験が足りないかな、コピー用紙ってのはトイレットペーパーじゃないんだよ。たかが水に濡れた程度で、完全に溶けてしまうほど弱くはないのさ！」

ギチギチと。両手を広げて爆発するように笑いながら、魔術師は『殺せ』と叫んだ。

『魔女狩りの王《イノケンティウス》』は、その腕をハンマーのように振り回して、

「邪魔だ」

一言。上条当麻《かみじょうとうま》は、振り返りすらしなかった。

ずぼん、と。裏拳《うらけん》気味の上条の右手に触れた炎の巨神は、正直笑ってしまうほど間抜けな音を立てて爆発、四方八方へ吹き飛ばされた。

「な!?」

その瞬間、ステイル＝マグヌスの心臓は確かに一瞬だけ驚きで停止した。

吹き飛ばされた『魔女狩りの王《イノケンティウス》』が、復活しない。重油のように黒い肉片は辺り一面に飛び散ったまま、もぞもぞとうごめくのが精一杯のようだった。

「ば、か――――な。なぜ、何故《なぜ》！　僕のコピー用紙《ルーン》はまだ死んでないのに……ッ！」

「インクは？」

上条当麻の声がステイルの耳まで届くのに、五年はかかるかと思った。

「コピー用紙は破れなくっても、水に濡《ぬ》れりゃインクは落ちちまうんじゃねーか？」上条は、むしろのんびりした調子で、「……ま、それでも一つ残らず潰《つぶ》す事はできなかったみてえだが」

もぞもぞと動く『魔女狩りの王《イノケンティウス》』の破片。

スプリンクラーが生み出す人工の雨が降り注ぐたびに、黒い肉片が一つ、また一つと空気に溶けるように消えていく。まるで建物中に貼《は》り付けたコピー用紙のインクが一つ一つ雨に溶けていき、どんどん力を失っていくように。

一つ一つ肉片が消えていき……ついには最後の一つまで、溶けるように消えていく。

「い、のけんてぃうす……『魔女狩りの王《イノケンティウス》』！」

魔術師の言葉は、まるで一方的に切られた電話の受話器に叫ぶような声だった。

「さて、と」

たった一言。上条の言葉に、魔術師は体全体をビクンと震わせた。

上条当麻の足が一歩、ステイル＝マグヌスの元へと踏み出される。

「い、の……けんてぃうす」

魔術師は告げる。——けれど、世界は何も応答しない。

上条当麻の足がさらに、ステイル＝マグヌスの元へと歩き出す。

「いのけんてぃうす……イノケンティウス、魔女狩りの王《イノケンティウス》！」

魔術師は叫ぶ。——けれど、世界は何も変化しない。

上条当麻の足がついに、ステイル＝マグヌスの元へ弾丸のように駆け抜ける。

「ア、——灰は灰に《AshToAsh》、塵は塵に《DustToDust》。吸血殺しの紅十字《SqueamishBloodyRood》！」

魔術師はついに吼《ほ》えた。けれど、炎の巨神はおろか、炎の剣さえ生まれなかった。

上条当麻の足はそして、ステイル＝マグヌスの懐まで飛び込み、さらに奥へと突き進み、
拳《こぶし》を、握る。

何の変哲もない右手。相手が『異能の力』でない限り、何の役にも立たない右手。不良の一人も倒せず、テストの点も上がらず、女の子にモテたりする事もない、右手。

だけど、右手はとても便利だ。

何せ、目の前のクソ野郎を思う存分ぶん殴る事ができるんだから。

上条《かみじょう》の拳《こぶし》が魔術師の顔面に突き刺さる。

魔術師の体は、それこそ竹とんぼのように回転し、後頭部から金属の手すりへ激突した。

第二章　奇術師は終焉《しゅうえん》を与える　The_7th-Egde.

1

夜。表通りから消防車と救急車のサイレンが響き渡り――通りすぎた。

学生寮はほぼ無人状態だったらしいが、火災報知器を鳴らしてスプリンクラーを動かしたのがまずかった。消防車と野次馬で無人の学生寮はあっという間に人だらけになったのだ。

部屋にあった発信器《フード》の機能は上条の右手で破壊してから持ち出した。機能を生かしたまま適当な所に捨てれば追っ手の目をごまかせたのだが、彼女が頑なに持って行くといいはった。

上条当麻《とうま》は路地裏で舌打ちした。血まみれのインデックスも未《いま》だ抱えたままで――この傷口を、こんな小汚い地面に触れさせる訳にはいかなかった。

インデックスを救急車に乗せる事はできない。

学園都市は基本的に『外の人間』を嫌う傾向がある。そのために街の周りを壁で覆い、三基の衛星が常に監視の目を光らせるほどの徹底ぶりだ。コンビニに入るトラック一台にしたって、専用のＩＤがなければ話にならない。

そんな所に、ＩＤを持たない部外者《インデックス》が入院したとなれば、あっという間に情報は洩《も》れる。

そして、敵は『組織』だ。

そんな所を襲撃されれば周りの被害が拡大するだけだし——何より、治療を受けている最中、最悪、手術中にインデックスが狙《ねら》われたらもう防御手段なんて何もない。

「……けど、だからってこのままほっとく訳にもいかねえんだよな」

「だい、じょうぶ。だよ？　とにかく、血を……止める事ができれば……」

インデックスの口調は弱々しく、ルーンについて説明していた機械的なモノは何もなかった。

だからこそ、それが一発で間違いだと上条《かみじょう》にも分かる。彼女の怪我《けが》は包帯を巻いて済む素人レベルを超えている。ケンカ慣れしている上条は『人には言えない傷』は大抵自分で応急処置してしまう。そんな上条でさえ思わず取り乱しそうになるぐらい、彼女の背中の傷は、酷《ひど》い。

そうなると、頼りになるのはもはや一つしかない。

未《いま》だに信じられないけど、もはや信じる他《ほか》に道がない。

「おい、オイ！　聞こえるか？」上条はインデックスの頰《ほほ》を軽く叩《たた》いて、「お前の一〇万三〇〇〇冊の中に、傷を治すような魔術《モン》はねーのかよ？」

上条にとって魔術のイメージなんてＲＰＧに出てくる攻撃魔法と回復魔法ぐらいしかない。

確か、インデックス自身には『魔力』を扱う素質がないから魔術を使う事はできない。だけど、『異能の力』を扱う上条がインデックスから知識を聞き出せば、あるいは――――。

激痛よりも失血のせいで浅く呼吸を繰り返すインデックスは、蒼《あお》ざめた唇を震わせ、

「……ある、けど」

一瞬喜びかけた上条は、『けど』という言葉が気にかかって、

「君には……無理」インデックスは、小さく息を吐《は》き、「たとえ、私が術式を教えて……、君が完全にそれを真似《まね》した所で……痛《つ》っ、君の、能力《チカラ》がきっと邪魔をする」

上条は愕然《がくぜん》と自分の右手を見た。

幻想殺し《イマジンブレイカー》。そこに宿る力は、確かにステイルの炎を完全に打ち消していた。なら、同じようにインデックスの回復魔法も打ち消してしまう恐れがある。

「く、そ！　またかよ……またこの右手が悪いのかよ……ッ!!」

ならば、電話を使って誰《だれ》かを呼べば良い。青髪ピアスか、ビリビリ女の御坂美琴《みさかみこと》か。こういう『事件《トラブル》』に巻き込んでも心配いらないタフな連中の顔がいくつか浮かぶ。

「……？」インデックスはちょっとだけ黙って、「あ、ううん……。そういう意味じゃないよ」

「？」

「君の右手じゃなくて……『超能力者』っていうのが、もうダメなの」熱帯夜の中、真冬の雪山のように体を震わせて、「魔術っていうのは……、君達《エスパー》みたいに『才能ある人間』が使うためのモノじゃないんだよ……。『才能ない人間』が……、それでも『才能ある人間』と同じ事

がしたいからって……、生み出された術式と儀式の名前が、……魔術」

こんな時にナニ説明してんだ、と上条《かみじょう》が叫ぼうとした所で、

「分からない……？　『才能ある人間』と『才能ない人間』は……、回路が違うの……。『才能ある人間』では……『才能ない人間』のために作られた魔術《システム》を使う事は……、できない……」

「なっ……、」

上条は絶句した。確かに上条達『超能力者』は薬や電極を使い、普通の人間とは違う脳の回路を無理矢理に拡張している。体の作りが違うと言われれば、確かに違うのだ。

だけど、信じられなかった。いや、信じたくなかった。

学園都市には二三〇万人もの学生が住んでいる。しかも、その全《すべ》てが能力開発の『時間割り《カリキユラム》』を受けているのだ。見た目に分からなくても、脳の血管が千切《ちぎ》れるまで気張った所でスプーン一つ曲げられなくても、それは最弱の能力者というだけで、やはり一般人とは作りが違う。

つまり。この街にいる人間では、彼女を唯一救える『魔術』を使う事はできない。

目の前に人を救う方法があるのに、誰《だれ》にも彼女を助ける事が、できない。

「ち、くしょう……、」上条は、獣のように犬歯を剝《む》き出しにして、「そんなのって、あるか。そんなのってあるかよ！　ちくしょう、何なんだよ！　何で、こんな……ッ!!」

インデックスの震えがひどい。

上条が一番耐えられなかったのは、自分の無能のツケが彼女へ行く所だった。

何が『才能ある』力だと吐き捨てる。こんなに苦しんでいる女の子の一人も助けられないで。

かと言って、何か新しい解決案が浮かんでくる訳でもない。この街に住む二三〇万もの学生には魔術は使えない、というのは一番初めに叩《たた》きつけられた『ルール』なのだ。

「……？」

と、上条は自分で思った事に、自分で違和感を覚えていた。

学生には？

「おい、確か魔術ってのは『才能ない』一般人なら誰でも使えるんだったな？」

「……え？　うん」

「さらに『魔術の才能がないとダメ』なんてオチはつかねーだろうな？」

「大丈夫、だけど……。方法と準備さえできれば……。あの程度、中学生だってできると思う」インデックスはちょっと考えて、「……確かに、手順を踏み違えれば脳内回路と神経回線の全《すべ》てを焼き切る事になるけど……、私の名は一〇万三〇〇〇冊《インデックス》だから、へいき。問題ない」

上条は、笑った。

思わず頭上を見上げ、夜空の月に向かって吼《ほ》えるように。

確かに、学園都市に住む二三〇万人もの学生は、みんな何らかの超能力を開発されている。

だが、逆に言えば。超能力を開発する側の――教師はただの人間のはずだ。

「……あの先生、この時間でもう眠ってるなんて言わねーだろうな」

上条当麻《かみじょうとうま》は一人の教師の顔を思い浮かべる。

クラスの担任、身長一三五センチ、教師のくせに赤いランドセルが良く似合う一人の先生、月詠小萌《つくよみこもえ》の顔を。


公衆電話で青髪ピアスから小萌先生の住所を聞き出すと(ケータイは今朝、上条が自分で落として壊した。青髪ピアスが何で先生の住所を知ってたかは謎《なぞ》。ストーカー疑惑あり)、上条はぐったりしているインデックスを背負って歩き出した。

「ここか……、」

路地裏から歩いて十五分という所に、それはあった。

なんて言うか、見た目十二歳な小萌先生にしては超意外な事に、それは東京大空襲も乗り切りましたという感じの超ボロい木造二階建てのアパートだった。通路に洗濯機がドカンと置いてある所を見ると、どうも風呂場《ふろば》という概念は存在しないらしい。

普段ならこれだけで一〇分間はギャグにできる上条だったが、今は少しも笑いが起きない。

一つずつドアの表札を確かめ、ボロボロに錆《さ》びた鉄の階段を上り、二階の一番奥のドアまで歩いて、ようやく『つくよみこもえ』というひらがなのドアプレートを見つけた。

ぴんぽんぴんぽーん、と二回チャイムを鳴らして上条は思いっきりドアを蹴破《けやぶ》る事にした。

ドゴン！　と上条の足がドア板に激突して凄《すさ》まじい音を立てる。

だが、ドアはびくともしなかった。律儀にもこんな時まで上条は『不幸』らしく、足の親指の辺りでグキリと嫌な音が鳴り響いた……ような気がした。

「～～～ッ!!」

「はいはいはーい、対新聞屋さん用にドアだけ頑丈なんですー。今開けますよー？」

素直に待ってりゃ良かった、と上条が涙目で思っていると、ドアががちゃりと開いて緑のぶかぶかパジャマを着た小萌先生が顔を出した。のんびりした顔を見ると、位置の関係でインデックスの背中の傷は見えていないようだった。

「うわ、上条ちゃん。新聞屋さんのアルバイト始めたんですか？」

「シスター背負って勧誘する新聞屋がどこにいる？」上条は不機嫌そうに、「ちょっと色々困ってるんで入りますね先生。はいごめんよー」

「ちょ、ちょちょちょちょっとーっ！」

ぐいぐい横に押される小萌先生は慌てて上条の前に立ち塞《ふさ》がるように、

「せ、先生困ります、いきなり部屋に上がられるというのは。いえそのっ、部屋がすごい事になってるとか、ビールの空き缶が床に散らばってるとか灰皿の煙草《たばこ》が山盛りになってるとか、そういう事ではなくてですね！」

「先生」

「はいー？」

「……俺《おれ》が今背中に抱えるモノ見て同じギャグが言えるかどうか試してみろ」

「ぎゃ、ギャグではないんですー……って、ぎゃあああ!?」

「今気づいたんかよ！」

「上条《かみじょう》ちゃんの背中が大っきくて怪我《けが》してるって所まで見えなかったんです！」

突然の血の色にあわあわ言ってる小萌《こもえ》先生をぐいぐい横に押して上条は勝手に部屋へ入る。

なんていうか、競馬好きのオッサンが住んでそうな部屋だった。ボロボロの畳《たたみ》の上にはビールの缶がいくつも転がり、銀色の灰皿には煙草《たばこ》の吸殻《すいがら》が山盛りにされている。一体何の冗談か、部屋の真ん中にはガンコ親父がひっくり返しそうなちゃぶ台まであった。

「……なんていうか。ギャグじゃなかったんですね、先生」

「こんな状況で言うの何ですけど、煙草を吸う女の人は嫌いなんですー？」

そういう問題じゃねえと見た目十二歳の担任教師を眺めながら上条は床に散らばるビール缶を適当に蹴飛《けと》ばして場所を空ける。ボロボロの畳の上、というのは少し気が引けたが、いちいち布団《ふとん》を出している余裕もない。

背中の傷が床に触れないように、上条はインデックスをうつ伏せに寝かせた。

破れた服の布が邪魔で直接傷口が見える事はないが、赤黒い染みが重油のように溢《あふ》れている。

「き、救急車は呼ばなくって良いんですか？　で、電話そこにあるですよ？」

小萌《こもえ》先生がブルブルと震えながら部屋の隅を指差す。何故《なぜ》か黒いダイヤル式の電話だった。

「――出血に伴い、血液中にある生命力《マナ》が流出しつつあります」

ギクン、と。上条《かみじょう》と小萌先生は反射的にインデックスの顔を見た。

インデックスは相変わらず畳《たたみ》の上に手足を投げ出して倒れたままだ。だが、倒れたまま、まるで壊れた人形みたいに顔を横倒しにしたまま、インデックスは静かに目を開けている。

それは蒼《あお》ざめた月の光よりも冷たく、時を刻む時計の歯車よりも静かな。

人間としてありえないほど完璧《かんぺき》な、『冷静』なる瞳《ひとみ》だった。

「――警告、第二章第六節。出血による生命力の流出が一定量を超えたため、強制的に『自動書記《ヨハネのペン》』で覚醒《めざ》めます。……現状を維持すれば、ロンドンの時計塔が示す国際標準時間に換算して、およそ十五分後に私の身体《からだ》は必要最低限の生命力を失い、絶命します。これから私の行う指示に従って、適切な処置を施していただければ幸いです」

小萌先生はぎょっとしたようにインデックスの顔を見た。

無理もないと上条は思う。これで二度目になるが、どうしてもこの声に慣れる事はできない。

「さて……、」

上条は小萌先生の顔を見て考える。

この状況でいきなり『魔法使ってください先生!』などと頼んだら『この非常事態に魔法少女ごっこですか上条ちゃん! 先生はそんな歳《とし》じゃありません!』とか言われるに決まってる。

さて、一体どう説得すれば良いものやら。

「ふむ。先生先生、非常事態なんで手短に言いますね。ちょろっと内緒話、こっちくる」

「はい？」

こいこい、と上条が小犬を呼ぶように手を振ると、小萌先生は警戒心ゼロで近づいてくる。

ごめん、と上条は一応口の中でインデックスに謝って、

破れた布をめくって、隠されていた醜い傷口を一気にさらけ出した。

「ひぃっ⁉」

ビクンと小萌先生の体が震えたのも、無理はない。

布をめくった上条自身がショックを受けるほどのひどい傷だった。腰の辺りから横一線に、まるで段ボールに定規《じょうぎ》を当ててカッターで切り込みを入れたような傷。赤黒い血の奥に、ピンク色の筋肉や黄色い脂肪《しぼう》、果ては白く硬い——背骨のようなものまで見えた。

傷口が真っ赤な口ならば、周囲の唇はプールの後みたいに真っ青に変色している。

ぐっ……、と眩暈《めまい》を殺しつつ、上条は血に濡《ぬ》れた布を静かに下ろす。

傷口に布が触れても、インデックスの氷のような瞳はピクリとも動かなかった。

「先生」

「へ？　ひゃい⁉」

「今から救急車、呼んできます。先生はその間、この子の話を聞いて、お願いを聞いて……と

にかく絶対、意識が飛ばないように。この子、服装通り宗教やってるんで、よろしくです」

気休め、なんて言葉を使えば『魔術』なんて『ありえないもの』も頭から否定しなくなるだろう。とにかく小萌《こもえ》先生にとって重要な事は『適切な傷の手当』ではなく、『無理矢理にでも会話を続ける事』にすり替えられたのだから。

実際、小萌先生は顔面蒼白《そうはく》なまま、超真剣にこくこく頷《うなず》いている。

……唯一の問題は、上条《かみじょう》が外で時間を潰《つぶ》さなくてはならないという事だ。

『魔術』が終わる前に救急車を呼んでしまうと、その時点で『気休め』が中断されてしまう。つまり救急車は呼んではいけないのだ。

けど、それは『外へ出なければならない』理由にはならない。何なら部屋の黒電話で一一七にでも電話して、自動音声相手に救急車でも呼ぶ演技をすれば良いだけなんだから。

問題なのは、そこではない。

「なぁ、インデックス」上条は、倒れたままのインデックスにそっと話しかける。「なんか、俺《おれ》にやれる事ってないのか?」

「――――ありえません。この場における最良の選択肢は、あなたがここから立ち去る事です」

あまりにも透明で真っ直《す》ぐな言葉に、上条は思わず右手の拳《こぶし》を痛くなるほど握り締めた。

上条に、やれる事なんて何もない。

この部屋にいれば、それだけで回復魔法を打ち消してしまう『右手』があるから。

「……じゃ、先生。俺、ちょっとそこの公衆電話まで走ってきます」

「て、……え？　上条ちゃん、電話ならそこに────────」

上条は小萌先生の言葉を無視してドアを開け、部屋を出て行く。

出て行く事しかできない自分自身に、思いっきり奥歯を噛《か》み締めながら。

上条は夜の街を走る。

神様の奇跡《システム》でも打ち消せるくせに、誰《だれ》一人守る事もできない右手を握り締めながら。


上条当麻《とうま》が部屋を出て行くと、インデックスは蒼《あお》ざめた唇を小さく動かした。

「──現時刻は、日本標準時間で何時ですか？　それと、日付もお願いします」

「七月二〇日の午後八時半ですけどー？」

「──……時計を見ていないようですが、その時刻は正確なのですか？」

「そもそも私の部屋に時計はないですよ？　先生の体内時計は秒刻みなので問題ないのです」

「──……」

「そんな疑うほどの事じゃないですけどねー。競馬の騎手《ジョッキー》なんかは一〇分の一秒刻みの体内時計を保有しているという話だし、一定の食生活と運動のリズムで調節できるんですよ？」

キョトンという感じで答える小萌先生は、能力者ではないもののやっぱり学園都市の人間だった。街の外の人間とは、どこか医学や科学面の常識の感覚がズレているのだ。

インデックスはうつ伏せに倒れたまま、チラリと目だけ動かして窓の外を見る。

「――……星の位置と月の角度から見て……天狼星《シリウス》方向に誤差〇・〇三八で一致しました。それでは、確認します。現時刻は日本標準時間で七月二〇日午後八時三〇分でよろしいですね？」

「はい、正確には五三秒に入った所ですけどー……ってダメです起き上がっちゃあ!!」

ボロボロの体をさらに自ら壊すように身を起こすインデックスを慌てて押し戻そうとする小萌《こもえ》先生だったが、インデックスの視線一つでビクンと動きを止められた。

その視線は怖《こわ》い訳でも、鋭い訳でもない。

ただ、少女の瞳《ひとみ》はスイッチをバチンと切ったように、感情の光が消え失せていた。

気配がない。

それこそ、まるで魂でも抜けてしまったように。

「構いません、再生可能です」インデックスは部屋中央のちゃぶ台に向かい、「……巨蟹宮《カニざ》の終わり、八時から十二時の夜半。方位は西方。水属性の守護、天使の役はヘルワイム……」

ひっ、と小萌先生が息を飲む音が部屋中に響いた。

あろう事か、インデックスは小さなちゃぶ台の上に、血まみれの指で図形のようなモノを描き始めたのだ。魔法陣という現物を知らなくても、それが宗教的な色を見せている事は分かる。

ただでさえ気が弱い小萌先生は何かに気圧《けお》されて声も出せなくなっていた。

ちゃぶ台いっぱいに描いた血の円に、五芒星《ごぼうせい》とかいう星型の記号。

ただし、その周りにはどこの国のものかも分からない言葉がズラリと取り囲んでいる。おそらくインデックスがブツブツ呟《つぶや》いている言葉だろう。星座や時刻を聞いていたのは、時間や季節によって描く文字が変わるからだ。

『魔術』を組み立てていくインデックスの姿には、怪我人《けがにん》の弱々しさはない。

極度の集中力が、痛みという感覚を一時的に遮断しているようだった。

ぽとぽと、と。彼女の背中で聞こえる流血の音色が小萌先生の背筋に静かな悪寒を走らせる。

「な、ななな……な、んですか。それ？」

「魔術」一言で断じた。「ここから先は、あなたの手を借りて、あなたの体を借ります。指示の通りにしてくだされば、誰《だれ》も不幸にならなくて済むし、あなたも誰にも恨まれずに済みます」

「なっ、ナニ冷静に言ってるんですか⁉　いいから横になって救急車を待つんです！　ええっと、包帯、包帯っと。このレベルの傷だと動脈の辺りを縛って血の流れを止めた方が……」

「その程度の処置では、私の傷を完全に塞《ふさ》ぐ事は不可能です。救急車、という言葉の意味は分かりかねますが、それはあと十五分の間に完全に傷を塞ぎ、なおかつ体内の生命力《マナ》を必要量、補完する事が可能ですか？」

「……、」

確かに今から救急車を呼んでもここまで来るのに一〇分はかかると思う。病院まで往復すればその二倍、さらに病院に着いた瞬間に治療が完了する訳でもない。生命力《マナ》、というオカルト用語はいまいち分からないけど、傷を塞《ふさ》いだだけでは体力《スタミナ》は回復しないのは間違いない。

仮に針と糸を使って今すぐ傷を塞いだ所で、この蒼《あお》ざめた少女は、足りない体力が回復する前に衰弱死《すいじやくし》してしまうんじゃないだろうか？

「お願いします」

それなのに、インデックスは目の色一つ変えずにそう言った。

ぼとぼと、と。口の端から、唾液《だえき》の混じったドロリとした鮮血を垂らしながら。

そこには迫力もない。鬼気迫るものもない。だが、その『余裕』や『冷静』な様子がかえって恐《こわ》かった。まるで壊れた機械を故障に気づかず動かしているように、彼女が何かするたびに傷を広げているような気がしてならないのだ。

（……、下手に抵抗させると、より一層危ない状態になりそうなのです）

はぁ、と小萌《こもえ》先生はため息をついた。その目はもちろん魔術なんて信じていない。だが、上《かみ》条《じょう》から『意識を飛ばさないよう、とにかく話を続けろ』と釘《くぎ》を刺されている。

今は目の前の少女を刺激しないで、心の中で一刻一秒でも早く上条が救急車を呼んできてくれる事を、そして救急隊員が救急車の中で見せる応急処置の素晴らしさに期待するしかない。

「で、何をすれば？　先生、魔法少女ではないですよ？」

「ご協力に感謝します。まずは……そちらの、そちらの――――何ですか、その黒いのは？」

「？　ああ、ゲームのメモリーカードですー」

「？？？　……まぁ、良いです。とにかくその黒いのをテーブルの真ん中に置いてください」

「テーブルじゃなくてちゃぶ台ですけどねー」

小萌先生は言われた通りにちゃぶ台の真ん中にゲームのメモリーカードを寝かせる。続いてシャーペンの芯《しん》のケースを、チョコの空き箱を、文庫本を二冊置いていき、食玩《しょくがん》の小さなフィギュアを二つ、並べて立たせる。

何だこれと小萌先生は思うが、インデックスは今にもぶっ倒れそうなまま真剣そのもの。

蒼ざめた顔に宿る日本刀のような眼光を前に、小萌先生の文句は消えていく。

「何なんです？　魔術というかー、これじゃただのお人形遊びです？」

言われてみれば、この部屋の小さなミニチュアにも見える。メモリーカードはこのちゃぶ台で、立てた二冊の文庫本が本棚とクローゼット、そして二体のフィギュアはこの部屋の二人の位置にそっくり立っている。ガラスのビーズをちゃぶ台の上にばら撒《ま》くと、それは何だか床に散らばったビール缶の配置にピタリとシンクロしてしまう。

「素材は関係ありません。虫メガネのレンズは硝子《ガラス》製だろうが合成樹脂《プラスチック》製だろうがモノを拡大する事ができるのと同じ……カタチと役割《ロール》が同じなら儀式は可能です」インデックスは汗だくのまま小さく呟《つぶや》き、「それより、こちらの指示を正確にこなしてくれると幸いです。手順を踏み違えた場合、あなたの神経回線と脳内回路を焼き切る恐れがありますので」

「？？？」

「失敗はあなたの肉体の破壊と死亡《ミンチ》を意味している、と告げています。お気をつけください」

ぶっ⁉ と小萌《こもえ》先生は吹き出しそうになったがインデックスは気にせず先に進んでしまう。

「天使を降臨《お》ろして神殿を作ります。私の後に続き、唱えてください」

インデックスが呟いたのは、もはや言葉ではなく『音』だった。

小萌先生は鼻歌でも歌うような感じで、意味を考えずに『音色』だけとりあえず真似《まね》てみる。

と、

「きゃあ⁉」

突然、ちゃぶ台の上のフィギュアが同じように『歌った』。きゃあ⁉ という悲鳴も全く同じタイミングで出てくる。フィギュアが震えたのだ。まるで糸電話の糸を伝わった『振動』が、紙コップの先で『声』になるように、フィギュアの振動が小萌先生の声を作っていた。

ここで小萌先生がパニックを起こして部屋を飛び出さなかったのは、『学園都市』という二三〇万もの超能力者を抱える街に住んでいるからだろう。普通の人間ならまず錯乱するはずだ。

「リンクしました」インデックスの声もちゃぶ台の上から二重に聞こえる。「テーブルの上に造った『神殿』は、この部屋とリンクしています。簡潔に表現すれば、この部屋で起きた事はテーブルの上でも起きるし、テーブルの上で起きた事は部屋の中でも起きます」

インデックスはちゃぶ台の足をわずかに押す。

瞬間、ガゴン！　とアパート全体が揺さぶられるような衝撃が小萌先生の足元を襲った。

部屋の中のこもった空気が、まるで早朝の森の中のように澄んでいくのが分かる。

ただし、『天使』なんてものはどこにもいない。見えない気配のようなモノだけがあった。

まるで何千もの眼球に四方八方からじっとり観察されているような感覚が全身の肌を襲う。

と、インデックスがいきなり叫んだ。

「思い浮かべなさい《イメージ》！　金色《こんじき》の天使、体格は子供、二枚の羽を持つ美しい天使の姿！」

――魔術を行う上で、領域《フィールド》を決める事は重要だ。

例えば海に小石を投げても大した波紋にはならない。だが、バケツの中に小石を落とせば大きな波紋になる。それと同じ。魔術で世界を歪《ゆが》めるなら、まず歪める場所《フィールド》を区切る必要がある。

守護者とは、区切った小世界に置く、一時的な神様だ。

コイツを上手く思い浮かべ《イメージ》、固定化し、自在に操る事ができれば、それだけ限定された領域の中で『不思議な事』を行いやすくなる。

……なんて、そんな説明をすっ飛ばして『天使』とか言われても小萌先生には想像できない。

金色のエンゼルなんて言われたら、金なら一枚銀なら五枚のアレぐらいしか思い浮かばない。

と、ぐっちゃぐちゃの小萌先生のイメージに合わせるように、周囲の気配がさらにカタチを失った。まるで沼の底の腐った泥《どろ》が渦を巻いているような嫌悪感が小萌《こもえ》先生の背骨を襲う。

「とにかく思い浮かべなさい！　これは本当に天使を呼んでる訳ではありません、ただの見えない力《マナ》の集まりです。術者のあなたの意思に従ってカタチを作り込んでいくのです！」

よほど切羽詰まっているのか、あれだけ機械的《れいせい》だったインデックスの声が氷柱《つらら》のように鋭い。

その豹変《ひょうへん》ぶりにびっくりした小萌先生は両目を閉じて、慌てて口の中で呟《つぶや》く。

（……かわいい天使かわいい天使かわいい天使）

もやもやと。昔読んだ少女マンガに出てきた女の子の天使の姿を必死で思い浮かべる。

と、部屋の中を漂っていた見えない泥のようなモノが、人のカタチをした風船の中にでも押し込まれていくようにカタチを作り上げていく……ような気がした。

小萌先生は、恐る恐る両目を開けてみて、

（……あれ？　ホントに天使を呼んでる訳じゃないです、、、、、、、、、、、、、？）

一瞬、疑問に思った瞬間。

バン！　と、人のカタチをした水風船が弾《はじ》けて、部屋中に見えない泥が飛び散った。

「きゃあ!!」

「……、カタチの固定化には、失敗」インデックスは鋭い眼で周囲を見回し、「……最低限青《ブル》色《ーカラー》別の水属性《ウィンディーネ》で神殿を守護できれば構いません。……続けます」

言葉こそ楽観的だが、正反対にインデックスの目は少しも笑っていない。

まるで隠しておいた赤点のテストを親に見られたように小萌先生は思わず怯《ひる》んでいた。

「唱えなさい。もう一言で終わります」

鋭い命令は、混乱し思考を失いかけた小萌先生に取り乱す事さえ許さない。

インデックスと小萌先生、そしてちゃぶ台の上の二つのフィギュアの四つが歌う。

どろり、と。ちゃぶ台の上の、インデックスのフィギュアの背中が溶けた。

まるでゴムをライターで炙《あぶ》ったように、ドロドロと。溶けて、表面の凹凸《おうとつ》を失い、滑らかになり、再び冷えて固まり、カタチを整えていく。

ぎょっと。小萌先生は思わず心臓が凍りつくかと思った。

今、インデックスはちゃぶ台を挟んで小萌先生の真正面に座っていた。

彼女は、インデックスの後ろに回り込んで背中がどうなってるか、確かめる度胸はなかった。

インデックスの青白い顔からは、脂《あぶら》のような汗が溢《あふ》れていた。

ガラスのような眼球には、それでも痛みや苦しみといった光は灯《とも》らない。

「――生命力《マナ》の補充に伴い、生命の危機の回避を確認。『自動書記《ヨハネのペン》』を休眠します」

バチン、と。

スイッチを入れたようにインデックスの瞳《ひとみ》に柔らかい光が戻る。

まるで冷え切った暖炉《だんろ》に火を入れるように、部屋中が温かい雰囲気に包まれていく。

そう感じてしまうほど、インデックスの瞳《ひとみ》は優しく、温かく——ただの少女のものだった。

「あとは……降臨《お》ろした守護者を帰して、神殿を崩せばおしまい」インデックスは辛《つら》そうな顔で笑いかけ、「魔術なんて、こんなもの。リンゴとアップルは同じ意味だよね、それと同じ。ガラスの杖《つえ》がなくても、今ならビニール傘だって透明だもの。タロットカードもそう。絵柄と枚数さえ合っていれば、少女マンガの付録を切り抜いたって占いはできるんだよ?」

インデックスの汗は止まらない。

小萌《こもえ》先生はかえって怖くなってきた。まるで自分がやった余計な事で、さらにインデックスの体調が悪くなっていったんじゃないかと思い始めていた。

「大丈夫」インデックスは今にも崩れそうに、「風邪《かぜ》といっしょ。治すには自分の体力がいるだけ。怪我《けが》そのものはもう塞《ふさ》がってるから、平気」

言った瞬間、インデックスの体が横に揺れてぶっ倒れた。フィギュアがコケる。ちゃぶ台がわずかに揺れて、リンクしている部屋全体がガゴンと巨大な震動に襲われる。

思わずちゃぶ台を回って駆け寄ろうとする小萌先生に、インデックスは歌を歌った。

小萌先生が真似《まね》して最後の歌を歌うと、異様な空気は再びこもったアパートの空気に戻った。

小萌先生が試しに、おそるおそるちゃぶ台の足を揺らしてみても、もう何も起きない。

よかった、と安心したように目を閉じて、インデックスは呟《つぶや》いた。

瀕死《ひんし》の重傷が治れば誰《だれ》だって嬉《うれ》しいです？　と小萌先生は思ったが、シスターはこう言った。

「背負わせる事がなくて、良かった」

小萌先生はびっくりしてインデックスを見た。

「……、ここで私が死んだら、やっぱりあの人に背負わせちゃうかもしれないからね」

夢見るように目を閉じるインデックスはそれ以上、何も言わない。この少女は背中を斬《き》られて倒れている間も、得体の知れない儀式の間も、ずっと自分の事なんて考えてなかった。たった一人、傷ついたインデックスをここまで背負ってきた人間の事を考えていたのだ。

小萌先生には、そんな風にモノを考える事はできない。考えられる人は、いない。

だから、思わず一言だけ、聞いた。

すでにインデックスは眠っていて、絶対に聞いていないと思っていたからこそ、聞いた。

なのに。わからない、と。少女は両目を閉じたまま答えた。

誰かをそういう風に思った事はないし、それがどういう感情かは分からない。だけど魔術師を相手に自分の事で命知らずに怒ってくれた時は這《は》い上がってでも逃がさなきゃって思ったし、魔女狩りの王《イノケンティウス》に追われて逃げた後、もう一度戻ってきてくれた時には涙が出るかと思った。

何だか良く分からないけど、いっしょにいると振り回されて何一つ思い通りに行かない。

なのに、予想外なのがとても楽しくて、嬉《うれ》しい。

これがどんな感情なのかは分からないけど、と。

楽しい夢でも見るように目を閉じたまま笑って、今度こそインデックスは眠りに就いた。

2

一夜明けると、本当に風邪《かぜ》と良く似た症状が出た。

高熱と頭痛に襲われて、インデックスはすぐにぶっ倒れた。鼻水や喉《のど》の痛みがないのはウィルスによるものではなく、それはあくまで『足りない体力を補おうと』しているだけで、つまり免疫力を高める風邪薬をいくら飲んだ所で何の解決にもならないという事を意味していた。

「……、で？　何だって下ぱんつなんだお前」

おでこに濡《ぬ》れタオルを載っけたインデックスは布団《ふとん》の中の蒸し暑さが許せないのか、片足を布団の横から上条《かみじょう》に向けて、でろっと飛び出させている。上は淡い緑色のパジャマのくせに根元まで見えている太股《ふともも》は目が潰《つぶ》れるぐらい眩《まぶ》しい肌色で、熱のせいか桜色に上気している。

小萌《こもえ》先生はおでこの上の生ぬるくなったタオルを水を張った洗面器にじゃぶじゃぶ突っ込みながら、上条の顔を半目で睨《にら》みつつ言った。

「……上条ちゃん。先生は、いくら何でもあの服はあんまりだと思いました」

あの服、というのは安全ピンまみれの白い修道服の事だろう。

それについては上条も全面的に賛成だが、着慣れた修道服を奪われたインデックスは不機嫌そうなネコみたいに見えた。

「……、ていうか。何だってビール好きで愛煙家の大人な小萌先生のパジャマがインデックスにピッタリ合っちまうんだ？　年齢差、一体いくつなんだか」

なっ、と小萌先生（年齢不詳）は絶句しかけたが、インデックスが追い討ちをかけるように、

「……みくびらないでほしい。私も、流石《さすが》にこのパジャマはちょっと胸が苦しいかも」

「なん……、馬鹿《ばか》な！　バグってるです、いくら何でもその発言は舐《な》めすぎです！」

「ていうかその体で苦しくなる胸なんかあったんか!?」

「「……、」」

レディ二人に睨《にら》まれた。上条、反射的に魂の土下座モードへ移行。

「ですです。ところで上条ちゃん、結局この子は上条ちゃんの何様なんです？」

「妹」

「大嘘《おおうそ》にもほどがあるですモロ銀髪碧眼《へきがん》の外国人少女です！」

「義理なんです」

「……、変態さんです？」

「ジョークです！　分かってるよ義理はマナー違反で実はルール違反ですよあーもう！」

「上条ちゃん」

と、いきなり先生モードの口調で言い直された。

上条《かみじょう》も黙り込む。まぁ、小萌《こもえ》先生が事情を聞きたがるのも無理はない。ただでさえ得体の知れない外国人を連れ込んで、しかも背中には明らかに事件性を匂《にお》わせる刀傷、挙げ句の果てには『魔術』などという訳の分からないモノの片棒を担がされたのだ。

これで黙って目を瞑《つむ》ってろと言う方が無理難題というものだろう。

「先生、一つだけ聞いても良いですか？」

「ですー？」

「事情を聞きたいのは、この事を警察や学園都市の理事会へ伝えるためですか？」

です、と小萌先生はあっさり首を縦に振った。

何のためらいもなく、人を売り渡すと、自分の生徒に向かって言い捨てた。

「上条ちゃん達が一体どんな問題に巻き込まれてるか分からないですけど」小萌先生はにっこり笑顔で、「それが学園都市の中で起きた以上、解決するのは私達教師の役目です。子供の責任を取るのが大人の義務です、上条ちゃん達が危ない橋を渡っていると知って、黙っているほど先生は子供ではないのです」

月詠《つくよみ》小萌はそう言った。

何の能力もなく、何の腕力もなく、何の責任もないのに。

ただ真っ直《す》ぐに、あるべき所へあるべき一刀を通す名刀のような『正しさ』で、言った。

「本当に……、」

……この人には敵《かな》わないと、上条は口の中だけで呟《つぶや》いた。

こんなドラマに出てくるような、映画の中でも見なくなったような『先生』なんて、上条は十数年を生きてきたそれなりに長い人生の中でもたった一人しか見当たらない。

だから、

「先生が赤の他人だったら遠慮なく巻き込んでるけど、先生には『魔術』の借りがあるんで巻き込みたくないんです」

上条も、真っ直ぐと告げた。

もう、無償で誰《だれ》かの盾になるような人間が、目の前で傷つく所なんて、見たくなかった。

小萌先生はちょっとだけ、黙った。

「むう。何気にかっくぃー台詞《せりふ》を吐いてごまかそうったって先生は許さないんですよー？」

「……、？　けど先生、いきなり立ち上がったりしてどこへ……？」

「執行猶予です。先生スーパー行ってご飯のお買い物してくるです。上条ちゃんはそれまでに何をどう話すべきか、きっちりかっちり整理しておくんですよ？　それと、」

「それと？」

「先生、お買い物に夢中になってると忘れるかもしれません。帰ってきたらズルしないで上条ちゃんから話してくれなくっちゃダメなんですからねー？」

そう言った小萌先生は、笑っていたと思う。

パタン、とアパートのドアが開閉する音が響き、部屋には上条《かみじょう》とインデックスの二人だけが取り残された。

(……気を遣わせちまったかな)

何となく。あの何か企《たくら》んだ子供みたいな笑顔を見ると、もう『スーパーから帰ってきた』小《こ》萌《もえ》先生は『全部忘れていた』事にしてしまうような気がする。

それでいて、後からやっぱり相談したとしても『どうして早く言わなかったんですか!? 先生キレイに忘れてました!』とかぷりぷり怒りながら嬉《うれ》しそうに相談に乗ってくれるんだろう。

ふう、と上条は布団《ふとん》の中のインデックスの方を振り返る。

「……、悪りぃな。なりふり構ってられる状況じゃねえって分かってんだけど」

「ううん。あれでいいの」インデックスは小さく首を振って、「これ以上巻き込むのは悪いし……それに、もうこれ以上あの人は魔術を使っちゃダメ」

「?」上条は眉《まゆ》をひそめる。

「魔道書っていうのは、危ないんだよ。そこに書かれてる異なる常識『異常識《いじょうしき》』に、違《たが》える法則『違法則《いほうそく》』──そういう『違う世界』って、善悪の前に『この世界』にとっては有毒なの」

『違う世界』の知識を知った人間の脳は、それだけで破壊されてしまうとインデックスは言う。

コンピュータのOSに対応してないプログラムを無理矢理に走らせるようなモノなんだろうか? と上条は頭の中で翻訳した。

「……私は宗教防壁で脳と心を守ってるし、人間を超えようとする魔術師は自ら常識《げんかい》を超え、発狂《たどりつく》する事を望んでる。けど、宗教観の薄い普通の日本人なら——もう一度唱えれば、終わる」

「ふ、ふうん……」上条は受けた衝撃を何とか表に出さないように、「何だよ、もったいねえ。あのまま先生に錬金術とかやらせようとか思ってたのに。知ってんぞ錬金術、鉛を金に換える事ができんだろ？」

情報ソースは女の子の錬金術師が主人公の道具《アイテム》調合RPGというのはもちろん内緒である。

「……、純金の変換《アルス＝マグナ》はできるけど——今の素材で道具を用意するとこの国のお金だと……えっと、七兆円ぐらいかかるかも」

「…………………………………………………………………、超意味ねえ」

上条の魂の抜けた呟《つぶや》きに、インデックスも弱々しく笑って、

「……だよね。たかが鉛を金に変換したって貴族を喜ばせる事しかできないもんね」

「けど、あれ？　冷静に考えてみたら、それって何なの？　どういう原理？　鉛を金に換えるって、まさか鉛《Pb》と金《Au》の原子を組み替えるって、え？」

「よくわかんないけど、たかが十四世紀の技術だよ？」

「ばっ……て事はアレか？　原子配列変換って事でオッケーなの!?　加速器使わなくても陽子崩壊起こせて馬鹿《ばか》でかい原子炉なくても核融合を引き起こせるってか!?　ちょっと待て、そん

なの学園都市でも七人しかいない超能力者《レベル５》だってできるかどうか分かんねーぞ！」

「待て、そんな不思議そうな顔すんな！　えっと、えっと、あー。お前それがどれだけスゴイ事かって言うとな、アトミックなロボとか起動戦士が普通に作れちゃうぐらいなんだぞ⁉」

「？？？」

「なにそれ？」

男のロマンは一言で斬《き》り捨てられた。

ぐったりとうな垂れる上条《かみじょう》に、何故《なぜ》だかインデックスはとても悪い事をした気持ちになる。

「と、とにかく、儀式で使う聖剣や魔杖《まじょう》を今の素材で代用するって言っても、限界があるんだよ？　……特に神様殺しの槍《ロンギヌス》、ヨセフの聖杯、ゴルゴダの十字架《The ROOD》なんていう神様関連の聖具なんかは一〇〇〇年経《た》っても代用不可能らしいんだか……痛《つ》ッ……」

興奮して一気にまくし立てようとした彼女は、二日酔いみたいにこめかみを押さえた。

上条当麻《とうま》は布団《ふとん》の中にいるインデックスの顔を見る。

一〇万三〇〇〇冊もの魔道書。たった一冊読んだだけで発狂するようなものを、それこそ一字一句正確に頭に詰め込んでいくという作業は、一体彼女にどれだけの苦痛を与えるんだろうか？

なのに、インデックスはたった一言も苦痛を訴えない。

知りたい？　と彼女は言った。自分の痛みなど無視して、まるで上条に謝るように。

静かな声は、いつでも明るいインデックスだからこそ、より一層の『決意』を思わせた。

先生のバカ、と上条は思う。

上条にしてみれば、インデックスの抱えている事情なんてどうでも良かった。どんな事情があったとしても、見捨てることなどできるはずがないのだから。とにかく『敵』を倒してインデックスの身の安全さえ守れれば、彼女の古傷をえぐる必要はない、と思っていたのに。

「私の抱えてる事情《モノ》、ホントに知りたい？」

インデックスと名乗る少女は、もう一度言った。

上条は、覚悟を決めるように、答えた。

「なんていうか、それじゃこっちが神父さんみてーだな」

なんていうか、本当に。——罪人《つみびと》の懺悔《ざんげ》を聞く神父さんみたいに。

何でだと思う？　とインデックスは言った。

「十字教なんて元は一つなのに、旧教《カトリック》と新教《プロテスタント》、ローマ正教、ロシア成教、イギリス清教、ネストリウス派、アタナシウス派、グノーシス派。どうしてこんなに分かれちゃったんだと思う？」

「そりゃあ……」

流し読みでも歴史の教科書を読んだ事がある上条なら何となく答えは分かる。だが、それを

『本物』のインデックスの前で口に出すのは少し気が引けた。

「うん、それでいいんだよ」インデックスは逆に笑った。「宗教に政治を混ぜたから、だよ。分裂し、対立し、争い合って——ついには同じ神様を信じる人さえ『敵』になって。私達は同じ神様を信じながら、バラバラの道を歩く事になった」

もちろん考えは色々ある。神様の言葉でお金を稼げると思った者、それを許せないと思った者。自分が世界で一番神様に愛されていると思った者、それを許せないと思った者。

「……交流を失った私達は、それぞれが独自の進化を遂げて『個性』を手に入れたの。国の様子とか風土とか——それぞれの事情に対応して、変化していったんだよ」小さく息を吐《は》いて、「ローマ正教は『世界の管理と運営』を、ロシア成教は『非現実《オカルト》の検閲と削除』を。そして私の属《ぞく》するイギリス清教は……」

インデックスは、わずかに言葉を詰まらせた。

「イギリスは、魔術の国だから」それが、苦い思い出のように、「……イギリス清教は魔女狩りや異端狩り、宗教裁判——そういう『対魔術師』用の文化・技術が異常に発達したんだよ」

首都ロンドンには今でも魔術結社を名乗る『株式会社』がいくつもあるし、書類上だけの幽霊会社ならその一〇倍以上存在する。元々は『街に潜む悪い魔術師』から市民を守るためであったはずの試行錯誤は、いつしか極めすぎて『虐殺・処刑の文化』にまで発展してしまった。

「イギリス清教にはね、特別な部署があるんだよ」

まるで自分の罪でも告白するように、インデックスはそっと言った。

「魔術師を討つために、魔術を調べ上げて対抗策を練る。必要悪の教会《ネセサリウス》」まさしく、シスターのように。「敵を知らなければ敵の攻撃を防げない。だけど、汚れた敵を理解すれば心が汚れ、汚れた敵に触れれば体が汚れる。だから『汚れ』を一手に引き受ける必要悪の教会が生まれた。そして、その最たるものが……、」

「一〇万、三〇〇〇冊ってか」

「うん」インデックスは小さく頷《うなず》き、「魔術っていうのは式みたいなモノだから。上手に逆算すれば、相手の『攻撃』を中和させる事もできるの。だから私は一〇万三〇〇〇冊を叩《たた》き込まれた。……世界中の魔術を知れば、世界中の魔術を中和できるはずだから」

上条《かみじょう》は自分の右手を見た。

役立たずと思っていた右手。不良の一人も倒せないし、テストの点も上がらなければ女の子にモテる訳でもないと捨て置いていた右手の力。

だけど、少女はそこへ辿《たど》り着くために地獄を見続けてきた。

「けど、魔道書なんてヤバいモン、場所が分かってんなら読まずに燃やしちまえば良いじゃねーか。魔道書を読んで学ぶヤツがいる限り、魔術師は無限に増え続けんだろ?」

「……重要なのは『本』じゃなくて『中身』だから。原典《オリジン》を消しても、それを知ってる魔術師が他《ほか》の弟子に伝え聞かせちゃったら意味がないの」

そういう人間は魔術師じゃなくて魔導師って言うんだけどね、とインデックスは言う。

ネットに流れるデータみたいなモノか、と上条《かみじょう》は思う。元のデータを消した所で、コピーにつぐコピーで永遠にデータは存在し続ける。

「さらに、魔道書はあくまで教科書《テキスト》だから」インデックスは苦しそうに、「……それを読み取っただけでは魔術師とは呼べない。そこから自分なりのアレンジを加え、新たな魔術を生み出してこその魔術師なんだよ」

データというよりは、常に変異していくコンピュータウィルスみたいだった。

ウィルスを完全に消滅させるには、ウィルスを解析して常にワクチンを作り続けるしかない。

「……それに、さっきも言ったけど。魔道書は危険だから」インデックスは目を細めて、「写本《コピー》の処分さえ、専門の異端審問官《インクジショナー》は両目を糸で縫《ぬ》って脳の『汚染』を防ぐ——それでも五年は洗礼を続けないと『毒』は抜け切らないけど。原典にいたっては人の精神では無理。世界中に散らばる一〇万三〇〇〇冊は、どうしようもないからこそ『封印』するしか道がなかったんだよ」

まるで大量に売れ残った核兵器みたいな扱いだった。

いや、実際まさにそうなんだろう。おそらく書いた本人だって予想外だったに違いない。

「チッ。それにしたって、魔術ってな『超能力者以外《おれたち》の普通の人間』なら誰《だれ》でも使えるモンなんだろ？　だったらあっという間に世界中に広まっちまうじゃねーか」

ら。もう科学を土台にしている世界の常識そのものが崩れてしまうような気がする。

「それは……平気。魔術結社の連中も、無闇《むやみ》に魔道書を外へは持ち出さないから」

「？　何でだよ？　連中にしたら、戦力は多いに越した事ねーだろ？」

「だからこそ、なの。鉄砲持ってる人がみんな友達《なかま》だったら、戦争は起きないよね？」

「……、」

魔術を知ってるからと言って、みんながみんな仲間だという訳ではない。

むしろ自分達の切り札の威力を知っているからこそ、無闇に『敵の魔術師』を作りたくない。

まるで最新兵器の設計図みたいな扱いだった。

「ふぅん。大体分かってきた」上条は言葉を噛《か》み締めるように、「つまり、アレか。連中はお前の頭ん中にある爆弾を手に入れたいって訳なんだな」

世界中にある一〇万三〇〇〇冊もの原典《オリジン》、それを記憶《あたま》の中で完全に複製した写本《コピー》の図書館。

それを手にする事は、つまり世界中の魔術の全《すべ》てを手に入れる、という意味だ。

「……、うん」死にそうな、声だった。「一〇万三〇〇〇冊は、全て使えば世界の全てを例外なくねじ曲げる事ができる。私達は、それを魔神と呼んでるの」

魔界の神、という意味ではなく、
魔術を極めすぎて、神様の領域にまで足を突っ込んでしまった人間という意味の、……魔神。

ふざけやがって。

上条《かみじょう》は知らず知らずの内に奥歯を噛《か》み締めていた。インデックスの様子を見れば分かる、彼女だって何も好き好んで一〇万三〇〇〇冊を頭に叩《たた》き込んだ訳ではない。上条はステイルの炎を思い出す。彼女は少しでも犠牲者を減らすために、ただそれだけのために生きてきたっていうのに。

その気持ちを逆手に取る魔術師も気に食わなければ、そんな彼女を『汚れ』と呼ぶ教会も気に食わなかった。どいつもこいつも人間をモノみたいに扱って、インデックスはそんな人間ばっかり見てきたはずなのに。それでも他人の事ばかり考えている少女が一番気に食わなかった。

「……、ごめんね」

何に対してイライラしているのか、上条は自分の事なのに全く分からない。

ただ、その一言で上条当麻《とうま》は本当に、キレた。


パカン、と軽くインデックスのおでこを叩く。

「……ざっけんなよテメェ。そんな大事な話、何で今まで黙ってやがった」

犬歯を剥《む》き出しにして病人を睨《にら》みつける上条に、インデックスの動きが凍りついた。何かとてつもない失敗をしたように両目を見開いて、唇が何かを呟《つぶや》こうと必死に動く。

「だって。信じてくれると思わなかったし、怖がらせたくなかったし、その……あの、」

ほとんど泣き出しそうなインデックスの言葉はどんどん小さくなっていき、最後の方はほとんど聞こえなかった。

それでも、きらわれたくなかったから、という言葉を上条は聞いてしまった。

「ふ、ざけんなよ。ざっけんなよテメェ!!」ブチリという音を確かに聞いた。「ナメた事言いやがって、人を勝手に値踏みしてんじゃねえ！　教会の秘密？　一〇万三〇〇〇冊の魔道書？　確かにスゲェな、とんでもねー話だったし聞いた今でも信じらんねえような荒唐無稽《こうとうむけい》なお話だよ」

だけどな、と上条はそこで一拍置いて、

「たった、それだけなんだろ？」

インデックスの両目が見開かれた。

その小さな唇は何かを呟こうと必死に動くが、言葉は何も出てこない。

「見くびってんじゃねえ、たかだか一〇万三〇〇〇冊を覚えた程度で気持ち悪いとか言うと思ってんのか！　魔術師が向こうからやってきたらテメェを見捨ててさっさと逃げ出すとでも考えてたのか？　ざっけんなよ。んな程度の覚悟ならハナからテメェを拾ったりしてねーんだよ！」

上条は口に出しながら、ようやく自分が何にイラついているのかを理解した。

上条《かみじょう》は単にインデックスの役に立ちたかった。インデックスがこれ以上傷つくのを見たくなかった、それだけだった。なのに、彼女は上条の身を庇《かば》おうとしても、決して上条に守ってもらおうとはしない。たったの一度さえ、上条は『助けてくれ』という言葉を聞いた事がない。

それは、悔しい。

とてもとても、悔しい。

「……ちったぁ俺《おれ》を信用しやがれ。人を勝手に値踏みしてんじゃねーぞ」

たったそれだけの事。たとえ右手《チカラ》がなくても、ただの一般人でも、上条には退《ひ》く理由がない。

そんなもの、あるはずがない。

インデックスはしばらく呆《ほう》けたように上条の顔を見上げていたが、
ふぇ、と。いきなり、目元にじわりと涙が浮かんだ。

まるで氷が溶けたようだった。

嗚咽《おえつ》を殺そうと引き結んだ唇が耐えられないようにむずむず動いて、口元まで引き上げた布《ふ》団《とん》にインデックスは小さく噛《か》み付いた。そうでもしなければ幼稚園児みたいに大声で泣き出すと思うほど、インデックスの目元に浮かんだ涙がみるみる巨大になっていく。

それはきっと、今この瞬間の言葉に対するモノだけではないだろう。

上条《かみじょう》はそこまで自惚《うぬぼ》れていない。自分の言葉がそこまで響くとは思っていない。きっと、今の今まで溜《た》め込んできた何かが、上条の言葉を引き金にして溢《あふ》れ出してきただけなのだ。

今の今までそんな程度の言葉さえかけてもらえなかったのか、と痛ましく思うと同時に、それでもやっぱり上条はようやくインデックスの『弱さ』を見たような気がして、少し嬉《うれ》しい。

だが、やっぱり上条は女の子の涙を見ていつまでも喜んでいられるほど変態でもない。

というか、超気まずい。

何も知らない小萌《こもえ》先生が今入ってきたら、迷わず断罪《しね》と言われる気がする。

「あ、あーっ、あれだ。ほら、俺《おれ》ってば右手があるから魔術師なんざ敵じゃねーし！」

「……、けど、ひっく。夏休みの、補習があるって言った」

「…………言ったっけ？」

「絶対言った」

一〇万三〇〇〇冊を一字一句覚える女の子は記憶力が抜群だったらしい。

「んなモンで人様の日常引っ掻《か》き回してゴメンなさいなんて思ってんじゃねーよ。いいんだよ補習なんて。学校側だって進んで退学者を出したい訳じゃねえ、夏休みの補習をサボりゃあ補習の補習が待ってるだけなんだ、いくらでも後回しにしてオッケーなんだってば」

小萌先生が聞いたらそれはそれで修羅場《しゅらば》になりそうな言葉だが、まぁ今は放っておく。

「……、」

インデックスは目に涙を溜《た》めたまま、黙って上条の顔を見上げた。

「……じゃあ、何だって早く補習に行かなきゃとか言ってたの？」

「………………………………………………………………………………、あー」

上条は思い出す。そう言えば、あの時は彼女の修道服『歩く教会』を幻想殺《イマジンブレイカー》しでぶっ壊して素っ裸にした直後で、密室エレベーター級の沈黙が支配していたから、それで……。

「……予定があるから、日常があると思ったから、邪魔しちゃ悪いなって気持ちもあったのに」

「……あ、あっ。あーっ……」

「私がいると……居心地、悪かったんだ」

「……、」

「悪かったんだ」

涙目でもう一度言われたとあってはごまかし切る事は到底不可能だった。

ごべんばばびっ《ゴメンなさい》！　と上条当麻《とうま》は勢い良く土下座モードへ移行。

インデックスは病人みたいに布団《ふとん》からのろのろ身を起こすと、両手で上条の左右の耳を掴《つか》んで、巨大なおにぎりにでもかぶりつくように頭のてっぺんに思いっきり噛《か》み付いた。

六〇〇メートルほど離れた、雑居ビルの屋上で、ステイルは双眼鏡から目を離した。

「禁書目録《インデックス》に同伴していた少年の身元を探りました。……禁書目録《かのじょ》は？」

ステイルはすぐ後ろまで歩いてきた女の方も振り返らずに答える。

「生きてるよ。……だが生きているとなると向こうにも魔術の使い手がいるはずだ」

女は無言だったが、新たな敵よりむしろ誰《だれ》も死ななかった事に安堵《あんど》しているように見える。

女の歳《とし》は十八だったが、十四のステイルより頭一つ分も身長が低かった。

もっとも、ステイルは二メートルを超す長身だ。女の身長も日本人の平均からすればやはり高い。

腰まで届く長い黒髪をポニーテールにまとめ、腰には『令刀《りょうとう》』と呼ばれる日本神道の雨乞《あまご》いの儀式などで使われる、長さ二メートル以上もある日本刀が鞘《さや》に収まっている。

ただし、彼女を『日本美人』と呼ぶのは少し抵抗があるだろう。

格好は着古したジーンズに白い半袖《はんそで》のTシャツ。ジーンズは左脚の方だけ何故《なぜ》か太股《ふともも》の根元からばっさり斬《き》られ、Tシャツは脇腹《わきばら》の方で余分な布を縛ってヘソが見えるようにしてあり、脚にはヒザまであるブーツ、日本刀も拳銃《けんじゅう》みたいな革の《ホルスター》ベルトに挟むようにぶら下げてある。

こうして見ると西部劇の保安官が拳銃の代わりに日本刀を下げているようにも見える。

香水臭い神父姿のステイルと同様、まともな格好とは思えなかった。

「それで、神裂《かんざき》。アレは一体何なんだ？」

「それですが、少年の情報は特に集まっていません。少なくとも魔術師や異能者といった類《たぐい》ではない、という事になるのでしょうか」

「何だ、もしかしてアレがただの高校生とでも言うつもりかい？」ステイルは口に咥《くわ》えて引き抜いた煙草《たばこ》の先を睨《にら》んだだけで火をつける。「……やめてくれよ。僕はこれでも現存するルーン二四字を完全に解析し、新たに力ある六文字を開発した魔術師だ。何の力も持たない素人が、裁きの炎《イノケンティウス》を退けられるほど世界は優しく作られちゃいない」

いくら禁書目録《インデックス》からの助言があったとして、それを即座に応用し戦術を練り上げる思考速度。さらには正体不明の右手。アレがただの一般人ならまさしく日本は神秘の国だろう。

「そうですね」神裂火織《かおり》は目を細め、「……むしろ問題なのは、アレだけの戦闘能力が『ただのケンカっ早いダメ学生』という分類《カテゴリ》となっている事です」

この学園都市は超能力者量産機関という裏の顔を持つ。

五行《ごぎょう》機関と呼ばれる『組織』に、ステイルや神裂は禁書目録の事を伏せるとはいえ、事前に連絡を入れて許可を取っていた。名実ともに世界最高峰の魔術グループでさえ、敵の領域《フィールド》では正体を隠し続ける事は不可能と踏んだからだ。

「情報の……意図的な封鎖、かな。しかも禁書目録の傷は魔術で癒《いや》したときた。神裂、この極東には他《ほか》に魔術組織が実在するのかい？」

ここで彼らは『あの少年は五行機関とは別の組織を味方につけている』と踏んだ。

他の組織が、上条《かみじょう》の情報を徹底的に消して回っていると勘違いしたのだ。

「……この街で動くとなれば、何人《なんぴと》も五行《ごぎょう》機関のアンテナにかかるはずですが」神裂《かんざき》は目を閉じて、「敵戦力は未知数、対してこちらの増援《ぞうえん》はナシ。難しい展開ですね」

それはまさに勘違いだった。上条《かみじょう》の幻想殺し《イマジンブレイカー》は『異能の力』を相手にしない限り効果はゼロ。つまり学園都市の身体検査に使う測定機械でチカラを測る事ができない。よって、不幸にも上条は最強クラスの右手を持っているのに無能力扱《レベル0》いなのである。

「最悪、組織的な魔術戦に発展すると仮定しましょう。ステイル、あなたのルーンは防水性において致命的な欠点を指摘された、と聞いていますが」

「その点は補強済みだ。刻印《ルーン》はラミネート加工した。同じ手は使わせない」まるでトレーディングカードのような刻印を手品師のように取り出し、「今度は建物のみならず、周囲二キロに渡って結界を刻む……使用枚数は十六万四〇〇〇枚、時間にして六〇時間ほどで準備を終えるよ」

現実の魔術はゲームのように呪文《じゅもん》を唱えてハイおしまい、という訳にはいかない。

一見そう見えるだけで、裏では相当な準備が必要となる。ステイルの炎は本来『一〇年間月明かりを溜《た》めた銀狼《ぎんろう》の牙《きば》で……』とかいう代物なので、これでも達人レベルの速度と言える。

詰まる所、魔術戦とは先の読み合いだ。戦闘が始まった時点ですでに敵の結界《ワナ》にはまっていると考え、受け手は相手の術式《ワナ》を読み、逆手に取り、さらに攻め手は反撃を予測して術式を組み直す――単純な格闘技と違い、常に変動する戦況を一〇〇手二〇〇手先まで読む所を考えると、それは『戦闘』という野蛮な言葉とは裏腹な、とてつもない頭脳戦と呼べる。

そういう意味でも、『敵の戦力は未知数』というのは魔術師にとって大きな痛手だった。

「……、楽しそうだよね」

と、不意にルーンの魔術師は双眼鏡も使わず、六〇〇メートル先を見て呟《つぶや》いた。

「楽しそう、本当に本当に楽しそうだ。あの子はいつでも楽しそうに生きている」何か、重たい液体でも吐き出すように、「……僕達は、一体いつまでアレを引き裂き続ければ良いのかな」

神裂はステイルの後ろから、六〇〇メートル先を眺める。

双眼鏡や魔術を使わなくても、視力八・〇の彼女には鮮明に見える。何か激怒しながら少年の頭にかじりついている少女と、両手を振り回して暴れている少年の姿が窓に映っている。

「複雑な気持ちですか？」神裂は機械のように、「かつて、あの場所にいたあなたとしては」

「……、いつもの事だよ」

炎の魔術師は答える。まさしく、いつもの通りに。

3

おっふろ♪　おっふろ♪　と上条の隣で、両手に洗面器を抱えたインデックスは歌っていた。
病人をやめました、と言わんばかりにパジャマから安全ピンだらけの修道服に着替えている。

一体どんなマジックを使ったのか、血染めの修道服はキッチリ洗濯されていた。ていうか、あんな安全ピンまみれの修道服、洗濯機に放り込んだら五秒でバラバラになると思う。まさか一度分解してパーツごとに洗ったんだろうか？

「何だよそんなに気にしてたのか？　正直、匂《にお》いなんてそんな気になんねーぞ？」

「汗かいてるのが好きな人？」

「そういう意味じゃねぇッ!!」

あれから三日経《た》って、ようやくあちこち出歩けるようになった彼女の願いが風呂《それ》だった。ちなみに小萌《こもえ》先生のアパートには『風呂《ふろ》』などという概念は存在しなかった。管理人室のモノを借りるか、アパート最寄《もより》にあるボロッボロの銭湯へ行くという究極の二択しかなかった。

そんなこんなで、洗面器を抱えて夜の道を歩く若い男女が一組。

……一体いつの時代の日本文化なんでしょーねー、と銭湯システムの事を笑いながら説明していた小萌先生は、相変わらず何の事情も聞かずに上条《かみじょう》達の事をアパートに泊めてくれた。上条としても敵にマークされた学生寮にのこのこ戻る訳にはいかないので居候《いそうろう》状態である。

「とうま、とうま」

人のシャツの二の腕を甘く噛《か》みつつインデックスはややくぐもった声で言う。噛み癖のある彼女にとって、どうやらこれは服を引っ張ってこっち向かせる、ぐらいのジェスチャーらしい。

「……何だよ？」

上条は呆《あき》れたように答えた。『そう言えば名前しらない』と言うインデックスに今朝、自己紹介してから、かれこれ六万回ぐらい名前を呼ばれまくったからだ。

「何でもない。用がないのに名前が呼べるって、なんかおもしろいかも」

たったそれだけで、インデックスはまるで初めて遊園地にきた子供みたいな顔をする。

インデックスの懐き方が尋常ではない。

まぁ、原因は三日前のアレだろうが……上条は嬉《うれ》しいと思うより、今まであんな当たり前の言葉すらかけてもらえなかったインデックスの方に複雑な気持ちを抱いてしまう。

「ジャパニーズ・セントーにはコーヒー牛乳があるって、こもえが言ってた。コーヒー牛乳って何？　カプチーノみたいなもの？」

「……んなエレガントなモン銭湯にはねえ」あんま期待を膨《ふく》らませるな、と上条は言って、「んー、けどお前にゃデカい風呂は衝撃的かもな。お前んトコ《イギリス》ってホテルにあるみたいな狭っ苦しいユニットバスがメジャーなんだろ？」

「んー？　……その辺は良く分かんないかも」

インデックスは本当に良く分からないという感じで小さく首を傾《かし》げた。

「私、気がついたら日本《こっち》にいたからね。向こうの事はちょっと分からないんだよ」

「……ふうん。何だ、どうりで日本語ぺらぺらなはずだぜ。ガキの頃《ころ》からこっちにいたんじゃや、お前ほとんど日本人じゃねーか」

それだと、『イギリス教会まで逃げ込めば安全』という言葉の方が微妙になってくる。てっきり地元に帰るのかと思いきや、実はまだ見た事もない異国に出かける訳だ。

「あ、ううん。そういう意味じゃないんだよ」

と、インデックスは長い銀髪を左右に流すように首を振って否定した。

「私、生まれはロンドンで聖《セント》ジョージ大聖堂の中で育ってきたらしいんだよ。どうも、こっちにきたのは一年ぐらい前から、らしいんだね」

「らしい？」

上条《かみじょう》が曖昧《あいまい》な言葉に思わず眉《まゆ》をひそめた所で、

「うん。一年ぐらい前《こっちにきたとき》から、記憶がなくなっちゃってるからね」

インデックスは、笑っていた。

本当に、生まれて初めて遊園地にやってきた子供のように。

その笑顔が完璧《かんぺき》だからこそ、上条には、その裏にある焦りや辛《つら》さが見て取れた。

「最初に路地裏で目を覚ました時は、自分の事も分からなかった。だけど、とにかく逃げなきゃって思った。昨日の晩ご飯も思い出せないのに、魔術師とか禁書目録《インデックス》とか必要悪《ネセサリウス》の教会とか、そんな知識ばっかりぐるぐる回ってて、本当に怖かった……」

「……じゃあ。どうして記憶をなくしちまったかも分かんねーって訳か」

うん、という答え。上条だって心理学はサッパリ分からないが、ゲームやドラマじゃ記憶喪失の原因なんて大体二つに限られてくる。

記憶を失うほど頭にダメージを受けたか、心の方が耐えられない記憶を封印しているか。

「くそったれが……」

上条は夜空を見上げて思わず呟《つぶや》いた。こんな女の子にそこまでする魔術師達に対する怒りもあるが、詮《せん》のない事とはいえ自分に対する無力感が襲ってくる。

インデックスが異常に上条を庇《かば》ったり懐いたりする理由も分かってきた。何も分からずに世界に放り出されて一年、ようやく会えた最初の『知り合い』がたまたま、上条だっただけだ。

上条は、それを嬉《うれ》しいとは思えなかった。

何故《なぜ》だか知らないが、そんな『答え』は上条をひどくイライラさせる。

「むむ？　とうま、なんか怒ってる？」

「怒ってねーよ」ギクリとしたが、上条はシラを切った。

「なんか気に障ったなら謝るかも。とうま、なにキレてるの？　思春期ちゃん？」

「……その幼児体型《からだ》にだきゃ思春期とか聞かれたくねーよな、ホント」

「む。何なのかなそれ。やっぱり怒ってるように見えるけど。それともあれなの、とうまは怒ってるふりして私を困らせてる？　とうまのそういう所は嫌いかも」

「あのな、元から好きでもねーくせにそんな台詞《せりふ》吐くなよな。いくら何でもお前にそこまでラヴコメいた素敵イベントなんぞ期待しちゃいねーからさ」

「……、」

「て、アレ？　……何で上目遣いで黙ってしまわれるのですか、姫？」

「……、」

超強引にギャグに持ってこうとしてもインデックスはまるで反応してくれない。

おかしい、なんか変だ。何でインデックスは胸の前で両手を組んで、上目遣いの目尻《めじり》に涙が浮かびそうな傷ついたっぽい顔をして、あまつさえちょっと甘く下唇を噛《か》んでいるんだろう？

「とうま」

はい、と上条《かみじょう》は名前を呼ばれたのでとりあえず返事を返してみる。

とてつもなく不幸な予感がした。

「だいっきらい」

瞬間、上条は女の子に頭のてっぺんを丸かじりされるというレアな経験値を手に入れた。

4

インデックスは一人でさっさと銭湯へ向かってしまった。

一方、上条は一人でトボトボ銭湯を目指していた。インデックスの後を追い駆けようと思ったのだが、お怒りの白いシスターは上条の姿を見るなり野良猫みたいに走って逃げてしまうのだ。そのくせ、しばらく歩いているとまるで上条を待ってたみたいにインデックスの背中が見えてくる。後はその繰り返し。なんかホントに気まぐれな猫みたいだった。

まぁ銭湯《ゴール》は同じだし、いつか合流できるか、と上条は追い駆けるのを止《や》めたのだった。

というか、ナマハゲよろしく暗い夜道で（見た目は）か弱い英国式シスターの女の子を追い回している姿を誰《だれ》かに見られたら問答無用で現行犯逮捕という不幸な予感がしたからでもある。

「英国式シスター、ねえ」

上条は暗い夜道を一人で歩きながら、ぼんやりと口の中で言った。

分かってる。インデックスを日本の『イギリス教会』に連れて行ったら、彼女はそのままロンドンの本部へ飛ぶ。もう上条の出番はないだろう。短い間だったけどありがとう、君の事は忘れないよ、完全記憶能力あるし、というオチがつくに決まってる。

何か胸にチクリと刺さるものがある上条だったが、かと言って何か別案がある訳でもない。インデックスを教会に保護してもらわなければ延々と魔術師に追われ続ける事になるし、インデックスの後を追ってイギリスまで飛ぶというのも非現実的だ。

住んでる世界、立ってる場所、生きてる次元《オカルト》――――何もかもが違う人間。

上条は科学《ESP》の世界に住んでいて、彼女は魔法の世界に生きていて、二つの世界は、陸と海みたいに決して交わり合う事はないという、たったそれだけの話。

たったそれだけの話が、何故《なぜ》か喉《のど》に刺さった魚の骨みたいにイライラさせ

「あれ？」


と、不意に空回りする思考が切れた。

何かが、おかしい。上条《かみじょう》はデパートの電光掲示板の時計を見る。午後八時ジャスト。まだまだ人が眠る時間でもないはずなのに、何だか辺りが夜の森みたいにひどく静まり返っている。

妙な、違和感。

そう言えばインデックスと一緒に歩いていた時から、誰《だれ》ともすれ違っていないが……。

上条は首をひねりつつも、そのまま歩き続ける。

そして、片側三車線の大通りに出た時、かすかな違和感は明確な『異常』に進化《シフト》した。

誰もいない。

コンビニの棚に並ぶジュースみたいにずらりと並ぶ大手デパートには誰も出入りしていない。いつも狭いと感じる歩道はやけにだだっ広く感じられ、まるで滑走路みたいな車道には車の一台も走っていない。路上駐車してある車はそのまま乗り捨てられたように無人。

　まるでひどい田舎の農道でも見ているようだった。

「ステイルが人払《Opila》いの刻印《ルーン》を刻んでいるだけですよ」

　ゾン、と。いきなり顔の真ん中に日本刀でも突き刺されたような、女の声。

　気づけなかった。

　その女は物陰《ものかげ》に隠れていた訳でも背後から忍び寄ってきた訳でもない。上条《かみじょう》の行く手を遮るように、一〇メートルぐらい先の、滑走路のように広い三車線の車道の真ん中に立っていた。

　暗がりで見えなかったとか気がつかなかったとか、そんな次元ではない。確かに一瞬前まで誰《だれ》もいなかった。だが、たった一度瞬《まばた》きした瞬間、そこに女は立っていたのだ。

「この一帯にいる人に『何故《なぜ》かここには近づこうと思わない』ように集中を逸《そ》らしているだけです。多くの人は建物の中でしょう。ご心配はなさらずに」

　理屈よりも体が――無意識に右手に全身の血が集まっていく。ギリギリと手首をロープで縛られるような痛みに、上条は直感的にコイツはヤバイと感じ取った。

　女はTシャツに片脚だけ大胆に切ったジーンズという、まぁ普通の範囲の服装ではあった。

　ただし、腰から拳銃《けんじゅう》のようにぶら下げた長さ二メートル以上もの日本刀が凍える殺意を振りまいていた。刀身は鞘《さや》に収まって見えないが、まるで古い日本家屋の柱みたいな歴史を刻んだ漆黒の鞘が、すでに『本物』を裏付けていた。

「神浄《かみじょう》の討魔《とうま》、ですか——良い真名《よまな》です」

そのくせ本人は緊張した様子を見せない。まるで世間話のような気楽さが、かえって怖い。

「……、テメエは」

「神裂火織《かんざきかおり》、と申します。……できれば、もう一つの名は語りたくないのですが」

「もう一つ？」

「魔法名、ですよ」

ある程度予想していたとはいえ、上条は思わず一歩後ろへ下がった。

魔法名——ステイルが魔術を使って上条を襲った時に名乗った『殺し名』だ。

「——て事は何か。テメエもステイルと同じ、魔術結社とかいう連中なんだな」

「……？」神裂は一瞬だけ不審そうに眉《まゆ》をひそめ、「ああ、禁書目録《インデックス》に聞いたのですね？」

上条は答えない。

魔術結社。一〇万三〇〇〇冊の魔道書を欲して、インデックスを追い回す『組織』。魔術を極め、世界の全《すべ》てをねじ曲げると言われる、『魔神』と呼ばれる人間に辿《たど》り着く事を望む『集団』。

「率直に言って」神裂は片目を閉じて、「魔法名を名乗る前に、彼女を保護したいのですが」

ゾッとした。

上条《かみじょう》は右手という切り札を持っていながら、それでも目の前の敵に悪寒を覚えた。

「……嫌だ、と言ったら？」

それでも、上条は言った。退《ひ》く理由など、どこにもなかったから。

「仕方がありません」神裂《かんざき》はもう片方の目も閉じて、「名乗ってから、彼女を保護するまで」

ドン!! という衝撃が地震のように足元を震わせた。

まるで爆弾でも爆発したようだった。視界の隅《すみ》で、蒼《あお》い闇《やみ》に覆われたはずの夜空の向こうが夕焼けのようなオレンジ色に焼けている。どこか遠く――――何百メートルも先で、巨大な炎が燃え広がっているのだ。

「イン、デックス……ッ!!」

敵は『組織』だ。そして上条は炎の魔術師の名前を知っている。

上条はほとんど反射的に炎の塊が爆発した方角へ目を向けようとして、

瞬間、神裂火織《かんざきかおり》の斬撃《ざんげき》が襲いかかってきた。


上条と神裂の間には一〇メートルもの距離があった。加えて、神裂の持つ刀は二メートル以上の長さがあり、女の細腕では振り回す事はおろか鞘《さや》から引き抜く事さえ不可能に見えた。

――――、はずだった。

なのに、次の瞬間。巨大なレーザーでも振り回したように上条の頭上スレスレの空気が引き裂かれた。驚愕《きようがく》に凍る上条のすぐ後ろ——斜め右後ろにある風力発電のプロペラが、まるでバターでも切り裂くように音もなく斜めに切断されていく。

「やめてください」一〇メートル先で、声。「私から注意を逸《そ》らせば、辿《たど》る道は絶命のみです」

すでに神裂は二メートル以上ある刀を鞘《さや》に収めている。あまりに速すぎて上条には刀身が空気に触れた所さえ見る事ができなかった。

上条は動けなかった。

自分が今ここに立っているのは、神裂がわざと外したから——かろうじてそう思うのが精一杯で、それさえ現実味が湧《わ》いてこない。あまりに敵が非常識すぎて理解が追い着かない。

ドズン、と音を立てて上条の後ろで切り裂かれた風力発電のプロペラが地面に落ちた。

本当にすぐ側《そば》にプロペラの残骸《ざんがい》が落下したというのに、それでも上条は動けなかった。

「……、ッ！」

あまりの切れ味に上条は思わず奥歯を噛《か》み締める。

神裂は、閉じていた片目をもう一度開いて、

「もう一度、問います」神裂はわずかに両の目を細め、「魔法名を名乗る前に、彼女を保護したいのですが」

神裂の声には、よどみがない。

まるで、この程度の事で驚くなと言わんばかりの、冷たい声だった。

「……な、なに、言って——やがる」

足の裏に接着剤を塗ったように、前へ進むどころか後ろへ退《ひ》く事さえできない。

フルマラソンを走り終えた後のように両脚がガクガクに震え、力が抜けていくのが分かる。

「テメエを相手に、降参する理由なんざ——」

「何度でも、問います」

瞬《シュン》、とほんの一瞬だけ、何かのバグみたいに神裂《かんざき》の右手がブレて、消える。

轟《ごう》！　という風の唸《うな》りと共に、恐るべき速度で何かが襲いかかってきた。

「!?」

まるで、四方八方から巨大なレーザー銃を振り回されるような錯覚。

それは、例えるなら真空刃で作り上げた巨大な竜巻。

上条当麻《かみじょうとうま》を台風の目にして、地面《アスファルト》が、街灯が、一定の間隔で並ぶ街路樹が、まとめて工事用の水圧カッターで切断されるように切り裂かれた。宙を舞った握り拳《こぶし》ほどもある地面の欠片《かけら》が上条の右肩に当たり、それだけで上条は吹っ飛ばされて気絶しそうになる。

上条は右肩を押さえながら、首ではなく視線だけで辺りを見回す。

一本。二本、三本四本五本六本七本——都合七つもの直線的な『刀傷』が平たい地面の上を何十メートルに渡って走り回っていた。様々な角度からランダムに襲う『刀傷』は、まるで鋼鉄の扉に生爪《なまづめ》を剥《は》がす勢いで傷をつけているようにも見える。

チン、という刀が鞘に収まる音。

「私は、魔法名を名乗る前に彼女を保護したいのですが」

右手を刀の柄《つか》に触れたまま、神裂は憎悪も怒りもなく、本当にただの『声』を出した。

七回。たった一度の斬撃《ざんげき》さえ見えなかったのに、あの一瞬で七回もの『居合い斬《ぎ》り』を見せた。それも、その気になれば七回が七回とも上条の体を両断できる、必殺の七回。

いや、刀が鞘《さや》に収まる金属音は一度きりだ。

おそらく魔術という異能の力だ。たった一度の斬撃の射程距離を何十メートルにも引き伸ばし、たった一度刀を抜いただけで七つの太刀筋《たちすじ》を生むような『魔術』があるのだ。

「私の七天七刀《しちてんしちとう》が織り成す『七閃《ななせん》』の斬撃速度は、一瞬と呼ばれる時間に七度殺すレベルです。人はこれを瞬殺と呼びます。あるいは必殺でも間違いではありませんが」

上条は無言で、右手を押し潰《つぶ》す勢いで握り締めた。

この速度と威力、そして射程距離。おそらくあの斬撃には魔術という名の『異能の力』が関《かか》わっている。ならば、あの『太刀筋』そのものに触れる事ができれば、

「絵空事を」思考が、遮られた。「ステイルからの報告は受けています。あなたの右手は何故《なぜ》か魔術を無効化《ディスペル》する。ですが、それはあなたが右手で触れない限り不可能ではありませんか？」

――そう、触る事ができない限り上条《かみじょう》の右手は何の意味も持たない。

単なる速度だけではない。馬鹿《ばか》正直に一直線な御坂美琴《みさかみこと》の雷撃の槍や超電磁砲《レールガン》と違い、変幻自在の神裂火織《かんざきかおり》の七閃《ななせん》は狙《ねら》いを先読みする事もできない。上条が幻想殺し《イマジンブレイカー》を使おうものなら、七つの太刀筋は迷わず上条の腕を輪切りにする事だろう。

「幾度《いくど》でも、問います」

神裂の右手が、静かに腰の七天七刀《しちてんしちとう》の柄《つか》へと触れる。

上条の頬《ほほ》を冷や汗が伝った。

この『気まぐれ』が終わり、神裂が本来通り殺しにかかったら上条は間違いなく一瞬で八つに分断される。何十メートルという射程距離、街路樹をまとめて輪切りにする破壊力を考えれば、後ろへ逃げたり何かを盾にする、という考えは自殺行為にしかならない。

上条は神裂との距離を測る。

おおよそ一〇メートル。筋肉を引き千切《ちぎ》る勢いで駆ければ四歩で相手の懐へ飛び込める距離。

……、動け。

瞬間接着剤に縫《ぬ》い留められたような両足に、上条は必死に命令を送る。

「魔法名を名乗る前に、彼女を保護させてもらえませんか？」

……うごっ……け‼

バギン、と。地面に張り付いた両足を無理矢理引き剥《は》がすように、一歩前へ踏み込んだ。神裂の片眉《かたまゆ》がピクンと動く前に、上条は弾丸のように次の一歩を爆発させた。

「おおっ……ああああああああ!!」

続いてさらに一歩。後ろへ逃げる事も左右へ避《よ》ける事も何かを盾にする事もできなければ、残るは一つ——前へ進んで道を切り開く他に方法がない。

「何があなたをそこまで駆り立てるのかは分かりませんが……、」

神裂は、呆《あき》れよりも、むしろ哀れみの色が混じるため息を吐き出して、

七閃。


その時、辺りには砕かれた地面《アスファルト》や街路樹の細かい破片が砂埃《すなぼこり》のように漂っていた。

轟《ごう》！　という風の唸《うな》りと共に砂埃が上条の眼前で八つに切断された。

「あ、————オオッ!!」

右手で触れれば消せる——頭では理解しても、心がとっさに回避を選んだ。頭を振り回すような勢いで身を屈《かが》め、頭上を通りすぎる七つの太刀筋《たちすじ》に心臓が凍える。

計算も勝算もない。避けられたのは単純にたまたま運が良かっただけ。

そして、さらに一歩——四歩の中の三歩目を一気に踏み出す。

七閃がどれだけ得体の知れない攻撃だとしても、その基本は『居合斬《ぎ》り』だ。鞘《さや》走りを滑走

路にして、一撃必殺の斬撃《ざんげき》を繰り出す古式剣術。それは逆に言えば、刀身が鞘《さや》から抜けている間は居合斬《ぎ》りを使えない無防備な『死《し》に体《たい》』という事だ。

次の一歩で神裂《かんざき》の懐へ飛び込めば――――勝てる。

そう思った上条《かみじょう》の最後の余裕は、チン、という小さな音によって木っ端微塵《こっぱみじん》に撃ち砕かれた。

鞘に収めた刀が立てる――――あまりにも速すぎる、ほんの小さな金属音に。


七閃《ななせん》。


轟《ごう》！　と上条のすぐ目の前で、ゼロ距離とも呼べるほど間近で。

体の反射神経がとっさに避《よ》けようとする前に、七つの太刀筋《たちすじ》が上条の目の前に迫る。

「ち、くしょ……ああああああああ!!」

攻撃という前向きなモノより、顔の前に飛んできたボールをとっさに受け取るような後ろ向きなモノで上条は目の前の太刀筋に向かって右手の拳《こぶし》を突き出す。

それが『異能の力』であるならば、上条の右手は神や吸血鬼の力さえ消し飛ばす。

ゼロ距離という事もあってか、七つの太刀筋はバラけず一つに束ねて上条へと襲いかかった。

これならたった一度の幻想殺《イマジンブレイカー》しで七つ全《すべ》てを吹き飛ばす事もできる。

月明かりに青く光る太刀筋が、上条の拳を作る指の皮膚に優しく触れて、
、、、、、、、、、
そのまま、めり込んできた。

「な……ッ!?」

消えない。幻想殺し《イマジンブレイカー》を使ってもこの馬鹿《ばか》げた太刀筋は消えてくれない。

上条はとっさに手を引こうとする。だが間に合わない。そもそも飛んでくる日本刀の一撃に自ら手を差し出し、すでに太刀筋は上条の右手に触れてしまっているのだから。

神裂はそんな上条の姿を見てほんのわずかに目を細めて、
次の瞬間、辺り一面に肉を引き裂く水っぽい音が鳴り響いた。


上条は血まみれの右手を左手で押さえつけ、その場でヒザを折って屈《かが》んでいた。

驚く事に、上条の五本の指はまだ切断されずに繋《つな》がっていた。

もちろんそれは上条の指が頑丈な訳でも、神裂の腕が鈍い訳でもない。上条の体が切断されなかったのは単純に、またもや手加減に加減を加えて見逃された、というだけだった。

上条はヒザをついたまま、頭上を見上げる。

真円の青い月を背負う神裂の目の前に、何か赤い糸のようなモノがあった。

それはクモの糸のように見える。まるで夜露《よつゆ》に濡《ぬ》れたクモの巣のように、上条の血がついて

初めて目に見えるようになった――七本の、鋼糸《ワイヤー》。

「なんて、こった……」上条《かみじょう》は歯噛《はが》みして、「……そもそも魔術師じゃなかったのか、アンタ」

あの馬鹿長い刀はただの飾りだったのだ。

刀を抜いた瞬間さえ見えないのも無理はない。そもそも神裂《かんざき》は刀を抜いていない。ほんのわずかに鞘《さや》の中で刀を動かして、再び戻す。その仕草で、七本の鋼糸を操る手を隠していたのだ。

上条の手が無事だったのは、五本の指が輪切りにされる直前に神裂が鋼糸を緩《ゆる》めたからだ。

「言ったはずです。ステイルから話を聞いていた、と」神裂はつまらなそうに、「これで、分かったでしょう。力の量ではなく質が違います。ジャンケンと同じです、あなたが一〇〇年グーを出し続けた所で、私のパーには一〇〇年経《た》っても勝てません」

「……、」

上条は血まみれの拳《こぶし》を、握る。

「何か、勘違いしているようですが」神裂はむしろ痛々しそうな目を向けて、「私は何も自分の実力を安い七閃《トリック》でごまかしている訳ではありませんよ、七《なな》閃《せん》をくぐり抜けた先には真説の『唯閃《ゆいせん》』が待っています」

「……、」

血まみれの拳を、握る。

「それに何より――――、私はまだ魔法名を名乗ってすらいません」

「…………、」

握る。

「名乗らせないでください、少年」神裂は、唇を噛んで、「私は、もう二度とアレを名乗りたくない」

握った拳が震えた。コイツはステイルとは明らかに違う、一発芸だけの人間ではない。基本の基本、基礎の基礎、土台の土台から上条とは全く作りが違う人間なのだ。

「……、降参、できるか」

それでも、上条は握った拳を開かなかった。もう、感覚もない右手を、握る。

インデックスは、コイツに背中を斬《き》られたって上条を助けるために降参しなかった。

「何ですか？　……聞こえなかったのですが」

「うるせえっつったんだよ、ロボット野郎!!」

上条は血まみれの拳を握り締め、目の前にいる女の顔面を殴り飛ばそうとする。

が、それより前に神裂のブーツの爪先《つまさき》が上条の水月《みぞおち》に突き刺さった。肺に溜《た》め込んだ空気が全《すべ》て口から吐き出されると同時、顔の横を七天七刀《しちてんしちとう》の黒鞘《くろさや》で野球のバットみたいに殴り飛ばされる。竜巻のように体が回り、上条は肩から地面へ叩《たた》きつけられた。

痛みに呻《うめ》き声をあげる前に、上条は自分の頭を踏み潰《つぶ》そうとするブーツの底を見た。

とっさに避けようと、横へ転がった所で、

「七閃《ななせん》」

声と同時、七つの斬撃《ざんげき》が上条《かみじょう》の周りの地面《アスファルト》を粉々に砕いた。四方八方からの爆発で細かい破片が爆弾のように吹き飛び、上条の全身に豪雨のようにぶち当たった。

「ごっ……あ……ッ!?」

まるで五、六人にリンチされたような激痛に、上条はその場でのた打ち回る。そんな上条の前に、カツコツとブーツの底で地面を叩くように神裂《かんざき》は近づいてくる。

立ち上がらなくては……と思うのに、足は疲れきったように動いてくれない。

「もう、良いでしょう?」むしろ痛々しそうな、小さな声だった。「あなたが彼女にそこまでする理由はないはずです。ロンドンでも十指に入る魔術師を相手に三〇秒も生き残れれば上等です、それだけやれば彼女もあなたを責める事はしないでしょう」

「……、」

ほとんど朦朧《もうろう》とする意識で、上条は思い出す。

そうだろう、インデックスなら上条が何をした所で責めたりするはずがない。

だけど、と上条は思う。

だからこそ、彼女が誰《だれ》も責めずに一人で耐え続けるからこそ、上条は諦《あきら》めたくないのだと。

あんなに辛《つら》そうな顔で、あんなに完璧《かんぺき》に微笑《ほほえ》む少女を、助けてやりたいと。

死にかけの昆虫みたいに、壊れた右手を無理矢理に握り締める。

まだ、体は動いてくれた。

動いて、くれた。

「……、何でだよ？」

上条は崩れ落ちたまま小さく呟《つぶや》いた。

「アンタ、すごくつまんなそうだ。アンタ、あのステイルとかってヤツとは違うんだろ。アンタ、敵を殺すのためらってんじゃねーか。その気になれば全部が全部、俺《おれ》を必殺できたくせに、殺せなかった。……アンタはまだ、そこでためらってくれるだけの常識ある『人間』なんだろ？」

神裂は、何度も何度も聞いてきた。

魔法名を名乗る前に全《すべ》てを終わらせたい、と。

ステイル＝マグヌスと名乗ったルーンの魔術師は、そんなためらいなど微塵《みじん》も見せなかった。

「……、」

神裂火織《かおり》は黙り込んだ。激痛で意識が朦朧とする上条はそんな事にも気づけない。

「なら、分かんだろ？　寄ってたかって女の子が空腹で倒れるまで追い回して、刀で背中斬《き》って、そんな事、許されるはずないって、もう分かっちまってんだろ？」

血を吐くような言葉に、神裂は何もできずに耳を傾け続ける。

「知ってんのかよ。アイツ、テメェらのせいで一年ぐらい前から記憶がなくなっちまってんだぞ？　一体全体、どこまで追い詰めりゃそこまでひどくなっちまうんだよ」

　返事は、ない。

　上条《かみじょう》には、分からない。不治の病の子供のためでも良い、死んでしまった恋人のためでも良い。何か『望み』があってインデックスを狙《ねら》うなら、一〇万三〇〇〇冊を手に入れて世界の全て《ルール》を歪《ゆが》める（らしい）『魔神』になろうと言うなら、まだ分かる。

　けど、コイツは違う。

　コイツは『組織』の一人なのだ。言われたから、仕事だから、命令だから。そんな一言で、たった一言だけで、一人の女の子を追い駆け回して背中を斬《き》るなんて常軌を逸している。

「何で、だよ？」

　上条は繰り返した。歯を食いしばるように、

「俺《おれ》はさ、テメェの命張って、死にもの狂いで戦って——それでもたった一人の女の子も守れねーような負け犬だよ。テメェらに連れ去られるのを、指を咥《くわ》えて地面に這《は》いつくばって見ている事しかできねー弱者だよ」

　今にも泣き出しそうに、まるで子供のように。

「だけど、アンタは違うんだろ？」

　自分が何を言ってるかも分からずに、

「そんな力があれば、誰《だれ》だって何だって守れるのに、何だって誰だって救えるのに」

自分が誰に言ってるかも分からずに、

「……何だって、そんな事しかできねえんだよ」

言った。

悔しかった。

それだけの力があれば、上条は守りたいモノを全て守り抜く事ができると思えるのに。

悔しかった。

そんなにも圧倒的に強い人間が、女の子一人を追い詰める事にしか力を使えない事が。

悔しかった。

まるで、今の自分はそれ以下の人間だと言われているみたいで。

悔しくて、涙が出るかと思った。

「……、」

沈黙に、沈黙を重ねた沈黙。

上条の意識がハッキリしていれば、間違いなく驚いていただろう。

「……、私。だって」

追い詰められていたのは、神裂《かんざき》の方だった。

たった一つの言葉だけで、ロンドンで一〇本の指に入る魔術師は追い詰められていた。

「私だって、本当は彼女の背中を斬るつもりはなかった。あれは彼女の修道服『歩く教会』の結界が生きていると思ったから……絶対傷つくはずがないから斬《き》っただけ、なのに……」

上条《かみじょう》は、神裂《かんざき》の言っている言葉の意味が分からない。

「私だって、好きでこんな事をしている訳ではありません」

けれど、神裂は言った。

「けど、こうしないと彼女は生きていけないんです。……死んで、しまうんですよ」

神裂火織《かおり》は、泣き出す前の子供みたいに言った。

「私の所属する組織の名前は、あの子と同じ、イギリス教会の中にある――必要悪の教会《ネセサリウス》」

血を吐くように、言った。

「彼女は、私の同僚にして――大切な親友、なんですよ」

第三章　魔道書は静かに微笑《ほほえ》む　"Forget_me_not."

1

意味が分からなかった。言葉の意味が分からなかった。

血まみれのまま道路に倒れ、神裂を見上げる上条は、痛みのショックで幻聴でも聞いたのかと思った。だって、ありえない。インデックスは魔術師に追われてイギリス教会に逃げ込もうとしたのに。後を追ってきた魔術師が同じイギリス教会の人間だった、なんて。

「完全記憶能力、という言葉に聞き覚えはありますか？」

神裂火織は言った。その声は弱々しく、その姿は痛々しく、それはロンドンでも十指に入る魔術師の姿とは思えなかった。それは、疲れきったただの女の子にしか見えなかった。

「ああ、一〇万三〇〇〇冊の正体、だろ」上条は切れた唇を動かし、「……全部、頭の中に入ってんだってな。言われたって信じらんねーよ、一度見たモノを残さず覚える能力なんて。だって、馬鹿《ばか》だろアイツ。とてもじゃねーけど、そんな天才には見えねえよ」

「……、あなたには、彼女がどんな風に見えますか？」

「ただの、女の子だ」

神裂《かんざき》は驚きよりも、むしろ疲れたような表情をして、ポツリと言った。

「ただの女の子が、一年間も私達の追撃から逃れ続ける事ができると思えますか？」

「……、」

「ステイルの炎に、私の七閃《ななせん》と唯閃《ゆいせん》——魔法名を名乗る魔術師達を相手に、あなたのように異能に頼る事なく、私のように魔術にすがる事なく、ただ自分の手と足だけで逃げる事が」神裂は自嘲《じちょう》するように笑い、「たった二人を相手にするだけで、これです。必要悪の教会《ネセサリウス》という『組織』そのものを敵に回せば、私だって一ヶ月も保《も》ちませんよ」

そうだ。

上条《かみじょう》はようやくインデックスという少女の本質を知った。上条は幻想殺し《イマジンブレイカー》という神の奇跡《システム》さえ一撃粉砕できる能力を持ってさえ、四日も逃げる事ができなかったのに——彼女は。

「アレは、紛れもなく天才です」神裂は、断言するように、「扱い方を間違えれば天災となるレベルの。教会が彼女をまともに扱わない理由は明白です。怖いんですよ、誰《だれ》もが」

「……、それでも」上条は血まみれの唇を噛《か》み締め、「……アイツは、人間だよ。道具なんかじゃねえ、そんな呼び名が……許されるはずねえだろ……ッ！」

「そうですね」神裂は頷《うなず》く。「……その一方で、現在の彼女の性能《スペック》は凡人《わたしたち》とほぼ変わりません」

「……？」

「彼女の脳の八五％以上は、禁書目録《インデックス》の一〇万三〇〇〇冊に埋め尽くされてしまっているんですよ。……残る十五％をかろうじて動かしている状態でさえ、凡人《わたしたち》とほぼ変わらないんです」

確かにそれはすごい話だろうが、今はもっと先に知りたい事がある。

「……だから、何だよ。アンタ達は何やってんだよ？　必要悪の教会《ネセサリウス》って、インデックスの所属してる教会なんだろ。何で必要悪の教会がインデックスを追い回してる？　何でアンタ達はインデックスに魔術結社の悪い魔術師だなんて呼ばれてんだよ」

上条は、そこで音もなく奥歯を噛み締めて、

「……それとも何か。インデックスの方が俺《おれ》を騙《だま》してたって言いたいのか、アンタ信じられない。単に上条を利用しようとしているだけなら、わざわざ上条を助けるために危険を冒して背中を斬《き》られた理由が分からない。

それに、そんな理屈は何もなくても、上条は信じたくなかった。

「……、彼女は、ウソをついてはいませんよ」

神裂火織《かおり》は一瞬だけためらって、答えた。

まるで息が詰まったように、心臓が握り潰《つぶ》されたように、答えた。

「何も、覚えていないんです」

「私達が同じ必要悪の教会《ネセサリウス》の人間だという事も、自分が追われている本当の理由も。覚えていないから、自分の中の知識から判断するしかなくなった。禁書目録《インデックス》を追う魔術師は、一〇万三〇〇〇冊を狙《ねら》う魔術結社の人間だと思うのが妥当だ、と」

上条《かみじょう》は、思い出す。

インデックスは、一年ほど前から記憶を失っているらしい、という話を。

「けど、待てよ。待ってくれ。なんかおかしいだろ、インデックスには完全記憶能力があるんだろ？　だったら何で忘れてんだ、そもそもアイツは何で記憶を失っちまってんだ？」

「失ったのではありません」神裂《かんざき》は、呼吸さえ殺して、「正確には、私が消しました」

どうやって、と問い質《ただ》す必要はなかった。

――名乗らせないでください、少年。

――私は、もう二度とアレを名乗りたくない。

「……どうして？」だから、代わりに言った。「どうして！　アンタはインデックスの仲間だったんだろ！　それはインデックスからの一方通行じゃねえ、アンタの顔見てりゃ分かるよ！　アンタにしたってインデックスは大切な仲間なんだろ！　だったら、どうして⁉」

上条はインデックスが向けてくれた笑顔を思い出す。

あれは世界でたった一人の知り合いに対する、寂しさの裏返しでもあったはずだ。

「……、そうしなければ、ならなかったからです」

「何で⁉」

上条が、ほとんど頭上の月に向かって吼《ほ》えるように叫んだ所で、

「そうしなければ、インデックスが死んでしまうからですよ」

、、、
呼吸が、死んだ。――――理由もなく、肌に感じる真夏の熱帯夜の熱気が、一気に引いた。全身の五感が、まるで現実から逃げていくように薄れていく。

まるで……、まるで、死体になったような気分だった。

「言ったでしょう、彼女の脳の八五％は一〇万三〇〇〇冊の記憶のために使われている、と」

神裂は、小刻みに肩を震わせながら、「ただでさえ、彼女は常人の十五％しか脳を使えません。並みの人間と同じように『記憶』していけば、すぐに脳がパンクしてしまうんですよ」

「そ、んな……」

否定。論理より、理屈より、上条はまず始めに『否定』を決定してから思考を回らせた。

「だって、だって、おかしい。お前、だって、残る十五％でも、俺達《おれ》と同じだって……」

「はい。ですが、彼女には私達とは違うモノがあります。完全記憶能力です」神裂の声から、

少しずつ感情が消えていく。「そもそも、完全記憶能力とは何ですか？」

「……一度見たモノを、絶対に忘れない、能力。だろ？」

「では、『忘れる』という行動は、そんなに悪い事ですか？」

「……、」

「人間の脳の容量《スペック》は、意外に小さい。人間がそれでも一〇〇年も脳を動かしていられるのは、『いらない記憶』を忘れる事で脳を整理しているからです。——あなただって、一週間前の晩ご飯なんて覚えていないでしょう？　誰《だれ》だって、知らない内に脳を整理させる。そうしなければ、生きていけないからです」

ところが、と神裂《かんざき》は凍えるように告げる。

「彼女には、それができない」

「……、」

「街路樹の葉っぱの数から、ラッシュアワーで溢《あふ》れる一人一人の顔、空から降ってくる雨粒の一滴一滴の形まで……『忘れる』事のできない彼女の頭は、そんなどうでも良いゴミ記憶であっという間に埋め尽くされる」神裂の声が、凍る。「……元々、残る十五％しか脳を使えない彼女にとって、それは致命的なんです。自分で『忘れる』事のできない彼女が生きていくには、誰かの力を借りて『忘れる』以外に道はないんです」

上条《かみじょう》の、頭が、壊れた。

……これは、これはどういう種類の物語なんだ？　悪い魔法使いに追われる薄幸の女の子がいて、冴《さ》えない男がそれを助けて、仲良くなって、最後に去っていく女の子の背中を見ながらちょっと胸が締め付けられるような、そんな種類の物語じゃなかったのか？

——だから、使える連中に連れ去られる前にこうして僕達が保護しにやってきた、って訳さ。

——魔法名を名乗る前に、彼女を保護したいのですが。

「……、いつまで、だ？」

上条は、聞いた。

否定ではなく質問してしまった時点で、心のどこかが認めてしまっていた。

「アイツの脳がパンクするまで、あとどれぐらい保《も》つんだ？」

「記憶の消去は、きっかり一年周期に行います」神裂は疲れたように、「……あと三日が限界です。早すぎても遅すぎても話になりません。ちょうどその時でなければ記憶を消す事はできないんです。……あの子の方も、予兆となる、強烈な頭痛が現れていなければ良いのですが」

上条はゾッとした。確か、インデックスは一年ほど前から記憶を失っている、と言っていた。

そして、頭痛。———上条はてっきり、回復魔法の反動でインデックスが倒れたと思っていた。事実、魔術に一番詳しいインデックス本人がそう言っていたのだから。

だが、インデックスが何か勘違いしていたとしたら？

もう彼女は、いつ頭が壊れてもおかしくない状態で動き回っていただけ、だったら？

い。引き渡してくれませんか、私が魔法名を名乗る前に」

「私達に、彼女を傷つける意思はありません。むしろ、私達でなければ彼女を救う事はできな
神裂火織《かんざきかおり》は言う。瞳《ひとみ》に涙はなく、そんな安っぽい感情表現すら許さないという感じで。

「分かって、いただけましたか？」

「……、っ」

上条《かみじょう》は目の前にインデックスの顔が浮かんだような気がして、奥歯を噛《か》むように目を閉じた。

「それに、記憶を消してしまえば彼女はあなたの事も覚えていませんよ。今の私達を射抜く目を見れば分かるでしょう？　あなたがどれだけ彼女を想《おも》った所で、目覚めた後の彼女には、あなたの事は『一〇万三〇〇〇冊を追う天敵』にしか映らないはずです」

「……、」

そうして、上条はわずかな違和感を捉《とら》えた。

「そんな彼女を助けた所で、あなたにとって何の益《えき》にもなりませんよ」

「……、何だよ。そりゃ」

違和感は、一瞬で爆発した。さながら、ガソリンに火を放つように。

「何だよそりゃ、ふざけんな！　アイツが覚えてるか覚えてないかなんて関係あるか！　いいか、分っかんねえようなら一つだけ教えてやる。俺《おれ》はインデックスの仲間なんだ、今までもこれからもアイツの味方であり続けるって決めたんだ！　テメエらお得意の聖書に書かれてなく

たって、これだけは絶対なんだよ!!」

「……、」

「なんか変だと思ったぜ、単にアイツが『忘れてる』だけなら、全部説明して誤解を解きゃ良いだけの話だろ？　何で誤解のままにしてんだよ、何で敵として追い回してんだよ！　テメェら、なに勝手に見限ってんだよ！　アイツの気持ちを何だと

「――うるっせえんだよ、ド素人が!!」


上条の怒りが、真上から襲いかかってきた神裂の咆哮《ほうこう》によって押し潰《つぶ》された。言葉遣いも何も、全《すべ》てを剥《は》ぎ取った剥《む》き出しの感情が上条の心臓を握り潰そうとする。

「知ったような口を利くな!!　私達が今までどんな気持ちであの子の記憶を奪っていったと思ってるんですか!?　分かるんですか、あなたなんかに一体何が！　あなたはステイルが殺人狂だとか言いましたけどね、アレが一体どんな気持ちであの子とあなたを見てたと思ってるんですか!?　一体どれほど苦しんで！　どれほどの決意の下に敵を名乗っているのか！　大切な仲間のために泥《どろ》を被《かぶ》り続けるステイルの気持ちが、あなたなんかに分かるんですか!!」

「な……、」

あまりの豹変《ひょうへん》ぶりに驚いて声をあげる前に、倒れた上条の脇腹《わきばら》がサッカーボールのように蹴《け》

飛《と》ばされた。何の手加減もない一撃に、上条《かみじょう》の体が浮いて、地面に落ち、二、三メートルも転がされる。

腹の中から口の外へ、一気に血の味が溢《あふ》れ返る。

だが、激痛にのた打ち回る前に、頭上の月を背に神裂《かんざき》が飛びかかってきた。

一体何の冗談か、脚力だけで真上に三メートルも飛び上がり、

「……!?」

ゴグギ、という鈍い音。

七天七刀《しちてんしちとう》の鞘《さや》、その平たい先端が、ハイヒールの踵《かかと》のように上条の腕を潰《つぶ》していた。

けれど、悲鳴をあげる事さえ許さない。

上条の目の前には、血の涙でも流しかねない、神裂の顔。

上条は、恐《こわ》い。

七閃《ななせん》でも唯閃《ゆいせん》でもなく、魔術師もロンドンで一〇本の指に入るという実力も関係なく。

これほどまでの『人間』の感情をぶつけられる事が、恐い。

「私達だって頑張ったよ、頑張ったんですよ！　春を過ごし夏を過ごし秋を過ごし冬を過ごし！　思い出を作って忘れないようにたった一つの約束をして日記や写真《アルバム》を胸に抱かせて！」

まるで電動ミシンの針のように鞘の先端が連続して降り注いだ。

腕、脚、腹に胸に顔に――次々と降り注ぐ鈍器が体のあちこちを潰していく。

「……、それでも、ダメだったんですよ」

ギリ、と奥歯を噛《か》み締める音が聞こえて、

ピタリと、手が止まった。

「日記を見ても、アルバムの写真を眺めても……あの子はね、ゴメンなさいって言うんですよ。

それでも、一から思い出を作り直しても、何度繰り返しても、家族も、親友も、恋人も、全《すべ》て

……ゼロに還《かえ》る」

ガチガチと震えて、もう一歩も動けないという感じで。

「私達は……もう耐えられません。これ以上、彼女の笑顔を見続けるなんて、不可能です」

あの性格のインデックスにとって、『別れ』は死のような苦痛だろう。

それを何度も何度も味わっていく、地獄のような在《あ》り方。

死ぬほどの不幸と、直後にそれを忘れて再び決められた不幸へ走っていく無残な姿。

だから、神裂達は残酷な幸福を与えるより、できうる限り不幸を軽減する方法を選んだ。初

めからインデックスが失うべき『思い出《であい》』を持たなければ記憶を失う時のショックも減る。だ

から、親友を捨てて『敵』である事を認めた。

インデックスの思い出を真っ黒に塗り潰す事で。

インデックスの地獄を、少しでも軽いモノにしようとした。

「……、」

何となく、上条《かみじょう》には分かった。

コイツらは魔術のプロだ。不可能を可能にする連中だ。インデックスが何度も記憶を失っていく中で、『記憶を失わなくても済む方法』をずっと探し続けた事だろう。

だけど、それはたったの一度さえ叶《かな》わなかった。

そして、記憶を失ったインデックスはステイルや神裂《かんざき》を責めるはずもない。

いつものように、いつもの笑顔で。

ゼロから接せられる事で、神裂達は自分で自分を責め、堕《お》とす以外に道を失った。

だけど、それは。

「ふ、ざけんな……、」上条は奥歯を噛《か》み締め、「んなモンは、テメェらの勝手な理屈だろうが。インデックスの事なんざ一瞬も考えてねぇじゃねぇか！　笑わせんじゃねぇ、テメェの臆《おく》病《びょう》のツケをインデックスに押し付けてんじゃねぇぞ!!」

この一年間、インデックスは誰《だれ》にも頼れずにたった一人で逃げ続けてきた。

それが一番正しかった選択だなんて、絶対に認めない。認められない。認めたくない。

「じゃあ。他《ほか》に……どんな道があったと言うんですかッ！」

神裂は、七天七刀《しちてんしちとう》の鞘《さや》を掴《つか》むと上条の顔面目がけて思いっきり振り下ろした。

上条はボロボロの右手を動かし、顔面を襲う鞘を寸前で握って食い止める。

もう、こんな魔術師には恐怖も緊張もない。

体は、動く。

動く！

「テメエらがもう少し強ければ……」上条《かみじょう》は、歯を食いしばり、「……テメエらがウソを貫き通せるほどの偽善使い《フォックスワード》だったら！　一年の記憶を失うのが怖かったら、次の一年にもっと幸せな記憶を与えてやれば！　記憶を失うのが怖くないぐらいの幸せが待ってるって分かっていれば、もう誰も逃げ出す必要なんざねえんだから！　たったそれだけの事だろうが!!」

もう肩も砕けている左腕を無理矢理に動かして、さらに鞘を掴む。ボロボロの体を使って無理矢理に立ち上がると、それだけで体のあちこちから血が溢《あふ》れた。

「その、体で……戦うつもりですか？」

「……、うる、せえよ」

「戦って、何になるんですか？」逆に、神裂の方が戸惑っているようだった。「たとえ私を倒した所で、背後には必要悪の教会《ネセサリウス》が控《ひか》えています。私はロンドンで一〇本の指に入る魔術師と言いましたが、それでも上はいるんですよ。……教会全体から見れば私など、こんな極東の島国に出張させられるような下っ端にすぎません」

それはそうだろう。

彼女達が本当にインデックスの仲間だったというなら、彼女を道具のように扱う教会のやり方に反発したはずだ。そこで反発できなかったという事は、それだけ力の差を示している。

「うるっ……せえっつってんだろ!!」

それでも、そんなの、関係ない。

目の前の神裂《かんざき》を睨《にら》みつける。

ガチガチと。今にも死にそうな体を無理矢理に動かして、目の前の神裂を睨みつける。

何の力もないただの眼光に、ロンドンで十指に入る魔術師は一歩後ろへ下がっていた。

「んなモン関係ねえ！　テメエは力があるから、仕方なく人を守ってんのかよ⁉」

上条《かみじょう》はボロボロの足を一歩、前へ。

「違うだろ、そうじゃねえだろ！　履《は》き違えんじゃねえぞ！　守りたいモノがあるから、力を手に入れんだろうが！」

ボロボロの左手で、神裂の襟首《えりくび》を掴んで、

「テメエは、何のために力をつけた？」

ボロボロの右手で、血まみれの拳《こぶし》を握り、

「テメエは、その手で誰《だれ》を守りたかった⁉」

力も何も出ない拳を、神裂の顔面へと叩《たた》き込んだ。威力も何もなく、むしろ殴った上条の拳の方がトマトのように血を噴き出した。

それでも、神裂は投げ出されるように後ろへ倒れ込んだ。

手を離れた七天七刀《しちてんしちとう》が、くるくると回転して地面に落ちた。

「だったら、テメエはこんな所で何やってんだよ！」崩れた神裂を、見下ろすように、「それだけの力があって、これだけ万能の力を持ってるのに……何でそんなに無能なんだよ……」

　ぐらり、と地面が揺れる。

　そう思った瞬間、上条の体は電池が切れたように地面に崩れ落ちた。

（起き、ろ……反撃が、くる……）

　視界が、暗闇《くらやみ》に染まる。

　上条は出血多量で視力も回復しない体を無理矢理に動かして、神裂の反撃に備えようとした。

なのに、体は指先一本を、イモ虫のように動かすのが精一杯だった。

　しかし、反撃はこない。

　こない。

2

　上条は、喉《のど》の渇《かわ》きと体の熱で目が覚めた。

「とうま？」

　小萌《こもえ》先生のアパートか、と気づいた辺りで、上条はようやくインデックスが覗《のぞ》き込んでいる事、そして自分が布団《ふとん》に寝かされている事を知った。

　驚く事に、窓の外から明るい日差《さ》しが射し込んでいた。確かにあの夜、上条は神裂に敗北して敵の目の前で意識を失った。それがどう転がったのか、気がつけばこんな所で目を覚ましている自分がいる。

はっきり言って、あまりにも釈然としないため、素直に生きてる事を喜ぶ事もできない。

小萌《こもえ》先生の姿はない。どこかへ出かけているようだった。

ただ、インデックスの側にあるちゃぶ台の上にお粥《かゆ》が置いてあった。インデックスには悪いが、人ん家《ち》のベランダに引っかかってまず最初にご飯をねだるような女の子には自炊なんてできっこないと思うので、おそらく小萌先生が作り置きしてくれたんだろう。

「ったく、まるで……病人みてえだな」上条《かみじょう》は体を動かそうとして、「痛てて、何だこりゃ。陽《ひ》が昇ってるって事は、一晩明けたんだろ。今何時なんだよ？」

一晩じゃないよ、と答えるインデックスはどこか鼻をぐずらせているようにも見える。

「？」と、上条が眉《まゆ》を片方動かすと、インデックスはポツリと言った。

「三日」

「みっか……って、え？　三日!?　何でそんなに眠ってたんだ俺《おれ》!?」

「知らないよ、そんなの!!」

突然インデックスが思いっきり叫んだ。

まるで八つ当たりみたいな声に上条が思わず息を詰まらせると、

「知らない。知らない、知らない！　私ホントに何も知らなかった！　とうまの家の前にいた、あの炎の魔術師を撒《ま》くのに夢中で、とうまが他《ほか》の魔術師と戦ってる事なんかこれっぽっちも考えてなかった！」

その言葉の刃は、上条に向けられているものではない。

自分自身を切り刻むような声色に、上条はますます威圧されて声が出せなくなる。

「とうま、道路の真ん中に倒れてたってこもえが言ってた。ボロボロになったとうまを担いでアパートまで連れてきたのもこもえだった。その頃《ころ》、私は一人で喜んでた。とうまが死にそうだっていうのも知らないで、あの馬鹿《ばか》な魔術師を上手《うま》く撒いたって一人で喜んでた！」

インデックスの言葉が、ピタリと止まる。

ゆっくりと、決定的な一言を告げるために空けた、息を吸い込むわずかな時間。

「……、私は、とうまを助けられなかった」

インデックスの小さな肩は震えていた。その下唇を噛《か》み締めたまま、動きが止まっていた。

それでも、インデックスは、自分のための涙は見せない。

わずかな感傷や同情すらも許さないという、徹底した心の在《あ》り方。自分自身にさえ涙を見せないと誓っている人間に、慰めの言葉なんてかけられるはずがないと上条は思う。

だから、代わりに考える。

三日。

襲撃しようと思えばいくらでもできたはずだ。いや、そもそも三日前、上条が倒れた時点でインデックスは『回収』されていてもおかしくなかった。

じゃあ、何で？　上条《かみじょう》は心の中で首をひねる。相手の意図が全く読めない。

……いや、それ以前に『三日』という言葉にはもっと深い意味があったような気がする。ざわざわと背筋に虫が這《は》い回るような感覚を覚えた上条は、そこまで考えてようやく思い出した。

制限時間《リミット》！

「？　とうま、どうかした？」

が、ギョッとした上条をインデックスは不思議そうに見ただけだった。上条の事を覚えているという事は、まだ魔術師達は記憶の『消去』をしていないらしい。それでいて、この様子だとインデックスにはまだ自覚症状は現れていないようだった。

上条はホッとすると同時に、貴重な最後の三日間を無駄遣いした事に自分で自分を殺したくなった。だが、その事は胸の内に留《とど》めておく事にする。インデックスには知られたくない。

「……、ちっくしょ。体が動かねえな。何だこりゃ、包帯でもぐるぐる巻いてあんのか」

「痛くない？」

「痛いって、あのな。そんなに痛かったらのた打ち回ってるっつの。何だよこの全身包帯、お前ちょっと大袈裟《おおげさ》すぎんじゃねえの？」

「……、」

インデックスは何も言わなかった。

それから、ついに耐えられなくなったという感じで、じわりと涙が溢《あふ》れてくる。

何かを叫ばれるよりも、それはよっぽど上条の中心に突き刺さった。そしてようやく知った、痛みを感じない方が危ない状態だという事に。

小萌《こもえ》先生はもう回復魔法を使えない。前にインデックスが言ってた気がする。RPGよろしくMP消費で傷を治してくれれば手っ取り早いが、世の中そんなに優しくできていないらしい。

上条は、右手を見る。

包帯でグルグル巻きになって、壊れに壊れた右手。

「そういや、時間割り受けた《カリキュラム》超能力者は魔法は使えねーんだっけか。ったくメンド臭《くせ》え」

「……、うん。『普通の人』と『超能力者』は回路が違うから使えないけど」少女は不安そうに、「一応、包帯でも傷は治《それ》るみたいだけど……科学《そっち》って不便。やっぱり魔術《こっち》の方が早いかも」

「確かにそれもあるけどな。――――けどま、魔術なんて使わなくっても大丈夫だろ」

「……、なんて」インデックスは上条の言葉にムスッと口を尖《とが》らせて、「とうま、この期に及んでまだ魔術を信じてないんだね。片想《かたおも》いちゃんみたいに頑《かたく》ななんだよ」

そういう意味じゃねーよ、と上条は枕《まくら》に頭を押し付けるように首を横に振った。

「……できる事なら、お前が魔術語ってる時の顔ってあんま見たくねーからな」

上条は学生寮の通路で、ルーン魔術について『説明』していたインデックスの顔を思い出す。

まるで蒼《あお》ざめた満月のように冷たく、まるで時を刻む時計の歯車のように静かな瞳《ひとみ》。

バスガイドよりも丁寧で、それでいて銀行のATMより人間味に欠けた言葉。

魔道書図書館、禁書目録《インデックス》という一個の存在。

それが目の前の少女と同一だったとは、今でも信じる事ができない。

というより、信じたくなかった。

「？　とうまって、説明嫌いな人？」

「は……？　ってか、お前覚えてないのかよ？　お兄ちゃん正直アレは引きましたっつってんだけど、ステイルの前でルーンについてカクカク人形みてーにしゃべってたろ？」

「……えっと、――――そっか。私……また、覚醒《めざ》めてたんだ」

「覚醒めた？」

それはまるで、あの操り人形みたいな姿の方が本物の彼女だと言っているようだった。

今ここにいる、優しい少女は偽りの姿だと言わんばかりに。

「うん。けど、覚醒めてた時の事はあんまり突っ込まないで欲しいかも」

何でだよ？　と上条《かみじょう》は聞く事はできなかった。

聞くより先にインデックスが口を開いてしまったからだ。

「意識がない時の声って、寝言みたいで恥ずかしいからね」

それに、とインデックスは唇を動かして、

「――何だかどんどん冷たい機械になっていくみたいで、恐《こわ》いんだよ」

インデックスは笑っていた。

本当に今にも崩れ落ちそうに、それでいて決して人に心配はかけないように。

それは断じて機械なんかに作る事のできない表情だった。

人間にしか作る事のできない、笑みだった。

「……ごめん」

上条《かみじょう》は、自然と謝った。一瞬でも、彼女を人間離れしていると思った自分が恥ずかしかった。

「いいんだよ、馬鹿《ばか》」良いのか悪いのか良く分からない事を言ってインデックスは小さく笑った。「なんか食べる？　お粥《かゆ》と果物とお菓子の病人食フルコースがあるんだよ？」

「いや食べるってこの手でどうやって食えって――――」

と、言いかけて、上条はインデックスの右手がおハシをグーで握っている事に気づいた。

「……、あの、インデックスさん？」

「うん？　今さら気にしなくても良いんだよ？　こうして食べさせてあげなきゃ三日の間に飢え死にしちゃってるんだから」

「……いや、いい。とりあえず深く考える時間をください神様」

「何で？　食欲ない？」インデックスはおハシを置いて、「じゃあ体、拭《ふ》いとく？」

「…………………………………………………………………、あの？」

言いようのない感覚に上条《かみじょう》は全身がむず痒《がゆ》くなってきた。

あれ、何だろう？　このたとえようのない悪い予感はなんだろう？　そう、例えばこの三日間の様子を映したビデオを見せられたら恥ずかしさのあまり迷わず爆死しかねないほど凶悪な不安は一体……？

「……とりあえず、悪意ゼロだと思うがそこに座りやがれインデックス」

「？」インデックスはちょっと黙って、「もう座ってるけど？」

「……、」

タオルを握っているインデックスは善意一〇〇％なんだろうが、『無邪気』という言葉がくっつくと何だか妙な気分になってしまうダメな上条だった。

「どうかした？」

「あー……、」何も言えなくなった上条はとっさにごまかそうと、「こうして布団《ふとん》の中からお前の顔見上げてるとさー」

「変かな？　私はシスターさんなので看病ぐらいできるんだよ」

変じゃないと思う。真っ白い修道服とお母さんみたいな仕草は、（彼女には悪いが）何だか本物のシスターみたいに見える。

そして、それ以上に。

涙を流したせいで頬《ほほ》を桜色に上気させ、涙目でこっちを見る彼女が、何だかとても……。

が、何だかそれを口に出すのは（ホントに何故《なぜ》か）メチャクチャに癪《しゃく》なので、

「いや別に。鼻毛も銀髪なんだなーと」

「……」

インデックスの笑顔がそのまんまフリーズドライした。

「とうま、とうま。私の右手には何があると思う？」

「何がって、お粥《かゆ》……ってオイ！　待て、重力落下は待《ま》」

直後、不幸にも上条当麻《かみじょうとうま》の視界はお粥と皿で真っ白に埋め尽くされた。

3

布団やパジャマについたお粥はなかなか取れない事を身をもって教えられた上条と、ちょい涙目でドロドロのご飯粒と格闘しているインデックスはノックの音でドアの方を見た。

「こもえ、かな？」

「……つーかテメェ一言ぐらいゴメンなさい言いやがれ」

ちなみにお粥は冷めていて火傷《やけど》はしなかったものの、『熱いのがくる！』と踏んでいた上条は炭水化物が激突した瞬間に一度、思わず気を失っていた。

あれー、うちの前で何やってるんですー？　という声がドアの向こうから聞こえてきた。今までどっか出かけていた小萌《こもえ》先生が、ドアをノックした人間を見つけたらしい。

じゃあ誰《だれ》なんだろう？　と上条が首を傾《かし》げていると、

「上条ちゃーん、何だか知らないけどお客さんみたいですー」

がちゃん、とドアが開く。

ビクン、と上条の肩が震えた。

小萌先生の後ろに、見慣れた魔術師が二人、立っていた。

二人はインデックスが普通に座っているのを見て、ほんの少し安堵《あんど》したようだった。

上条は不審そうに眉《まゆ》をひそめた。順当に行けばインデックスの回収——だが、それなら三日前、上条を倒した時でも良かったはずだ。いくら『治療』を行う日時が決まっているからって、野放しにする理由はどこにもない。だったら時間までどこかに監禁しておけば良いんだから。

（……じゃあ、今さら何しに来たんだ？）

ゾッ、と。二人の魔術師の炎と刀の威力を思い出して、上条の筋肉が自然と強張《こわば》ってくる。

しかし、一方で上条はステイルや神裂《かんざき》と戦うだけの理由を見失っていた。彼らは『悪い魔術結社の戦闘員A』ではなく、『インデックスを保護しに来た教会の仲間』なのだ。上条だってインデックスの身が心配だ。結局、彼らに協力して彼女を教会に引き渡す以外に手はないのだ。

だけど、それは上条《かみじょう》の一方的な理由にすぎない。

彼ら魔術師にしてみれば、上条に協力する必要もない。ぶっちゃけた話が、上条の首をこの場で切断してインデックスを連れ帰った所で何の問題もないのだ。

自然と体が強張る上条の顔を、ステイルは楽しそうに見ながら、

「ふうん。その体じゃ、簡単に逃げ出す事もできないみたいだね」

と言われて、上条は初めて『敵』の意図を知った。

インデックスは、一人なら魔術師から逃げ切れるのだ。これまでだって教会を相手にたった一人で一年近く逃げ回っていたのだから。たとえ無理矢理捕まえて、どこかへ閉じ込めたって簡単に抜け出されてしまうかもしれないのだ、彼女一人なら。

制限時間《リミット》まであと何日もない状態で、一年近く教会から行方をくらます事ができた彼女に、再び本格的な『逃走』をされたら取り返しのつかない事態になるかもしれない。どこかに監禁しても脱出されるかもしれないし、『儀式』の途中で逃げられるかもしれない。

ところが、上条という『怪我人《けがにん》』を背負う事になれば話は違う。

だから魔術師は上条を殺さなかった。そして、インデックスの側へと帰した。彼女が上条の事を諦《あきら》めないように、都合の良い足枷《あしかせ》をはめるために。

インデックスを、より安全でより確実に『保護』するためだけに、彼らは悪に徹したのだ。

「帰って、魔術師」

そして、インデックスはそんな上条のために魔術師の前に立ち塞《ふさ》がった。

立ち上がり、両手を広げ、まるで罪を背負う十字架のように。

まさしく魔術師の意図した通りに。

上条という足枷をはめられたインデックスは、逃げる事を止《や》めていた。

「……ッ」

ビクン、と。ステイルと神裂《かんざき》、二人の体が小さく震えた。

自分達が仕組んだ予想通りの展開であるはずなのに、それでも耐えられないという感じで。

インデックスは一体どんな顔をしてるんだ、と上条は思う。ちょうど彼女は上条に背を向けているため、上条からは表情が見えない。

だが、あれだけの魔術師達がその場で凍り付いていた。直接、感情を向けられていないはずの小萌《こもえ》先生までが、感情の余波を浴びて目を逸《そ》らしている。

一体、どんな気持ちなんだろう、と上条は思う。

自分が、人を殺してまで守ろうとしたモノに、そんな目で見られる事は。

「……ッ、や、めろ。インデックス、そいつらは、敵じゃ……ッ」

「帰って!!」

インデックスは聞いていない。

「おね、がいだから……。私ならどこへでも行くから、私なら何でもするから、もう何でも良いから、本当に、本当にお願いだから……、」

ボロボロと。練《ね》り上げた殺気の奥に少女みたいな泣き声を混ぜて、

「お願いだから、もうとうまを傷つけないで」


それは。

それは、唯一無二の『仲間』だった魔術師にとって、一体どれだけのダメージだったのか。

二人の魔術師は一瞬、本当に一瞬、何かを諦《あきら》めたような、ものすごく辛《つら》そうな笑みを浮かべ、ガチン、と。スイッチが入ったように瞳《ひとみ》が凍った。

インデックスという同じ仲間に対する視線ではなく、魔術師という凍える視線に。

残酷な幸福を与えるよりも、少しでも不幸を軽減しようという、信念。

彼女の事を本当に大切だと思っているからこそ、『仲間』を捨てて敵になるという、想《おも》い。

そんなものは、壊せない。

真実を伝える度胸がないなら、この最悪の成り行きを黙って見ている事しかできない。

「リミットまで、残り十二時間と三八分」

、、、、、、、、、、、

ステイルは、『魔術師』の口調でそう告げた。

インデックスには、きっとリミットの意味は分からなかったはずだ。

「『その時』まで逃げ出さないかどうか、ちょっと『足枷《あしかせ》』の効果を見てみたかったのさ。予想以上だったけどね。そのオモチャを取り上げられたくなかったら、もう逃亡の可能性は捨てた方が良い。いいね？」

演技に決まっていた。本当はインデックスが無事な事を、涙ぐんで喜びたいのだ。頭を撫《な》でておでことおでこをくっつけて熱を測って、そんな事をしたいぐらいの大切な『仲間』なのに。

ステイルがインデックスの事を散々に言っていたのも、つまりそれだけ『演技』を完璧《かんぺき》にしたいという心に他《ほか》ならないはずだ。本当は両手を広げてインデックスの盾になりたいぐらいなのに、一体どれほどの精神力があればそんな行動に移せるのか、上条《かみじょう》には理解ができない。

インデックスは、何も答えない。

二人の魔術師もまた、それ以上は何も————一言すら告げずに部屋を出て行った。

（どうして……、）

……こんな事になっちまってるんだ、と上条は奥歯を噛《か》み締める。

「大丈夫、だよ？」

ようやく、インデックスは広げた両手を下ろしてゆっくりと上条の方を振り返った。

上条は思わず目を閉じた。見てられなかった。

涙と安堵《あんど》でボロボロになったインデックスの顔なんて、見てられなかった。

「私が、『取り引き』すれば」暗闇《くらやみ》の中、声が聞こえる。「とうまの日常は、これ以上壊させない。これ以上は、絶対に踏み込ませないから、へいき」

「……、」

上条《かみじょう》は、答えられなかった。ただ目を閉じた暗闇の中で、思う。

……俺《おれ》は、思い出《コイツ》を手放す事なんてできるのか？

4

夜になった。

布団《ふとん》の横にはインデックスが突っ伏したように眠っている。陽《ひ》が落ちる前から眠りに就いていたため、部屋に電気も点《つ》いていなかった。

小萌《こもえ》先生は銭湯に向かっているらしく、部屋には二人しかいない。

らしい、というのは本調子でない上条も眠ってしまい、気がつけば夜になっていたせいだ。小萌先生の部屋には時計がないため、今が何時か分からない。制限時間《リミット》、という言葉を思い出すと空寒くなる状況である。

この三日間、よっぽど緊張していたのか、インデックスは一気に疲れに襲われたように眠りこけていた。口を半開きにして眠るその姿が、何だか母親の看病に疲れた子供みたいだった。

インデックスはもはや最初の目的である『イギリス教会に辿《たど》り着けばゴール』という考えを捨てているみたいだった。ボロボロの上条を無理矢理に立たせて教会まで足を運ぶ事に抵抗を持っているのかもしれない。

時々寝言で自分の名前を呼ばれるたびに、くすぐったい気持ちになった。

安心した子猫みたいに無防備な寝顔を見せるインデックスに、上条は複雑な気持ちになる。

彼女がどれだけの決意を見せても、結局は教会の思惑通りなのだ。インデックスが無事教会に辿り着いても、途中で魔術師に捕まっても、結局何を選んでどう転がった所で必要悪《ネセサリウス》の教会に運ばれて記憶を消される事に変わりはないのだから。

と、不意に電話が鳴った。

小萌先生の部屋にある電話は、もはや骨董品《アンティーク》と呼べるダイヤル式の黒電話だ。ジリリリリンと目覚まし時計みたいな音を立てる黒電話を、上条はのろのろと見た。

常識的に考えるなら電話に出るべきだが、小萌先生の電話を勝手に取っても良いんだろうかと上条は思う。思うが、結局、受話器を掴《つか》んだ。電話に出たいのではなく、このやかましい音でインデックスを起こしてしまうのは可哀相《かわいそう》だと思ったからだ。

『私です――――と言って、伝わりますか？』

受話器の向こうから聞こえてきたのは、折り目正しい女の敬語だった。どこか内緒話でもするように、声を殺している感じが受話器を通しても感じ取れる。

「神裂《かんざき》……、なんだっけ？」

『いえ、お互い名は記憶しない方が身のためでしょう。あの子は……禁書目録《インデックス》はいますか？』

「そこで寝てるけど……、ってか、お前そもそも何で電話番号知ってんだ？」

『そもそも住所を知っていたのと同じです、調べただけですよ』神裂の声には余裕がない。

『あの子が起きていないなら丁度良い、そのまま話を聞いてください』

「？」上条《かみじょう》が不審そうに眉《まゆ》をひそめていると、

『――前にも触れましたが、あの子のリミットは今夜午前零時です。必然的に、私達はその時刻に合わせて全《すべ》てを終わらせるよう予定《スケジュール》を組み上げています』

上条の心臓が凍りついた。

分かっていた。それ以外にインデックスを助ける方法がないのは分かっていた。けれど、目の前に『終わり《それ》』を突きつけられると、途端に上条は切羽詰まった気持ちになる。

「け、ど……」上条は、浅い息を吐きながら、「そんなもん、何でわざわざ俺《おれ》に教える？　やめろよ、そんな事言われちまったら死んでも抵抗したくなっちまうじゃねーか」

『……、』

受話器は、黙っていた。

決して無音なのではなく、押し殺した呼吸音の混じる、人間じみた無言だった。

『……。それなら、別れの時間は必要ありませんか？』

「な……ッ」

『正直に言います。私達が初めてあの子の記憶を消そうとした時は、三日前から「思い出作り」に夢中になりました。最後の夜はあの子に抱き着いて無様《ぶざま》に泣きじゃくりました。あなたにもその権利を譲る資格ぐらいはある、と私は思っているのですが』

「な、め————やがって」上条は思わず受話器を握り潰《つぶ》すかと思った。「そりゃ裏を返せば諦《あきら》めろっつってんだろ？　俺に努力する権利を、死にもの狂いで挑戦する権利を捨てろっつってるだけじゃねえか!!」

『……』

「いいか、分っかんねーようなら一つだけ教えてやる。俺はまだ諦めちゃいねえ。いや、何があっても諦める事なんかできるか！　一〇〇回失敗したら一〇〇回起き上がる、一〇〇〇回失敗したら一〇〇〇回這《は》い上がる！　たったそれだけの事を、テメエらにできなかった事を果たしてみせる!!」

『これは対話でも交渉でもなく、ただの伝達であり命令です。あなたの意思がどうであれ、刻限と共に我々はあの子を回収します。それを止めるようでしたら、あなた自身を砕くまで』

　魔術師の声は銀行の受付のように滑らかだった。

『あなたは、私の中に残っている人間らしい「優しさ」を頼りに交渉しようと思っているのかもしれませんが……だからこそ、私は厳命します』神裂《かんざき》の声は、夜気に触れた抜き身の日本刀のように冷たい。『我々が到着する前に、あの子に別れを告げてその場を離れなさい。あなたの役割は足枷《あしかせ》です、用を無くした鎖は、断ち切られるのが宿命《さだめ》ですから』

魔術師の言葉は、ただ単純な敵意や嘲《あざけ》りだけではない。

まるで、無駄な努力をするたびに傷を増やしていく人間を止めようという響きがある。

「ふ、……ざけんなよ」

それが妙に癇《かん》に障って、上条《かみじょう》は受話器に向かって噛《か》み付くように続けた。

「どいつもこいつも自分《テメエ》の無能を他人に押し付けやがって。大体テメェらは魔術師なんだろ、不可能を可能にするから魔法使いなんて呼ばれてんだろ！　それなのに何だよこのザマは。ホントに魔術じゃ何にもできねぇのか！　一つ残らず全部まとめて試し尽くしたってインデックスの前で胸を張って正々堂々言えんのかよ！」

『……。魔術では、何もできませんよ。胸を張る事はできませんが、あの子の前で虚言を吐く事も不可能です』神裂は、已の奥歯を噛み砕くような声で、『できるようならば、とっくにやっています。こんな残酷な最後通牒《さいごつうちょう》、誰《だれ》だって使いたくないに決まっているじゃないですか』

「……、何だよ、それ」

『状況が分からなければ、諦《あきら》める事さえできませんね。最後の時間をこんな無駄な事に使うのもどうかと思いますが、絶望する手助けぐらいはしてあげましょう』魔術師はすらすらと聖書でも読み上げるように、『あの子の「完全記憶能力」はあなたのような超能力でもなければ私のような魔術でもなく、ただの体質です。視力が悪いとか花粉症とか、そういうものと同じです。呪いのように解呪できる類のものではありません』

「…………、」

『我々は魔術師です。「魔術」によって作られた環境では、「魔術」によって解決《ディスペル》される恐れがありますから』

「魔術の専門家が作り上げた対オカルト用の防御システムだってか。うざってえ、インデックスの一〇万三〇〇〇冊使えばどうとでもなるだろ！　アイツを押さえりゃ神様の力を手に入れられるだなんて謳《うた》ってる割に女の子の頭一つ治せねえなんてみみっちい事あるかよ！」

『魔神、の事ですね。教会は、禁書目録《インデックス》の「反乱」を最も恐れています。だから一年周期で記憶を消さなければ死んでしまうという、教会の技術と術式という名の「首輪」をつけた。その教会が、みすみすあの子自身に首輪を外させるような可能性を残すと思いますか？』神裂は静かな声で、『……おそらく、一〇万三〇〇〇冊には偏《かたよ》りがあります。例えば、あの子の記憶操作に関する魔道書は覚えさせない、とか。そういう防御線を張っていると思われますね』

くそったれが、と上条は口の中で毒づいた。

「……確かインデックスの頭の八割は『一〇万三〇〇〇冊の知識』に食われちまってんだよな」

『はい。正確には八五％だそうですが。魔術師《わたしたち》ではあの一〇万三〇〇〇冊の破壊は不可能です。魔道書の原典《オリジン》は異端審問官《インクジショナー》でも処分できませんから。従って、残る十五％……あの子の「思い出」をえぐる事でしか、魔術師《わたしたち》はあの子の頭の空き容量を増やす事はできなかった』

「――なら、科学側《おれたち》なら？」

『……、』

電話の向こうが黙り込んだ。

ありえるか？　と上条《かみじょう》は考えてみる。魔術師が『魔術』という自分のフィールドで四方八方手を尽くして、それでもダメだったとしたら。それでも諦《あきら》められなければ、『魔術』とは違う、新しいフィールドに手を伸ばそうとするのは自然な流れ……だと、思う。

例えば、それは『科学』とか。

だとすれば、その橋渡しをする人間がいた方が良いに決まってる。見知らぬ国を歩いて様々な人と交渉する場合、現地で通訳の人間を雇うように。

『……、そう、思っていた時期もあったんですけどね』

ところが、神裂《かんざき》の言葉は意外なものだった。

『正直、私はどうして良いのか分からない状態です。自分が絶対と信じていた魔術《セカイ》ではたった一人の少女を救う事もできない。ならばもうワラをも掴《つか》む気持ちになるしかないのは分かりますが……』

「……、」

その先の台詞《せりふ》は、何となく予想がついた。

『――――正直、だからと言って大切なあの子を科学《あなた》に渡すのも気が引けます』

予想がついたのに、実際に耳にするとそれは一気に脳みそまで突き刺さった。

『魔術師《わたしたち》にできなかった事が科学側《あなたがた》にできるはずがない、という自負があるんでしょうね。得体の知れない薬にあの子の身体《からだ》を浸して体の中を刃《メス》で切り刻んで……そんな雑な方法ではあの子の寿命を無駄に削るだけに決まっている。機械にあの子が犯される所なんて見たくもない、、、、、、、、、、、、』

「な、めやがって。試した事もねぇくせに良く言うぜ。そんなら一個質問だ。テメェ、記憶を殺すなんて簡単に言ってるけどよ、そもそも記憶喪失ってのが何なのか分かってんのかよ？」

答えはない。

やっぱり脳医学《こっち》には疎《うと》いか、と上条は床に散らばる時間割りの教科書《カリキユラム》を足で引き寄せた。脳医学、例外心理学、反応薬学などをミックスした記録術《かいはつ》のレシピだ。

「お前、良くそれで完全記憶能力だの記憶を奪うだのって語ってられたよな。一言で記憶喪失っつっても色々あるのに」ページをめくりながら、「老化……ってかボケもそうだし、アルコールで酔っ払って記憶がなくなるのもそうだ。アルツハイマーっていう脳の病気もそう、TIA……脳の血液が止まると記憶は飛ぶ。またハロセン、イソフルラン、フェンタニールなどの全身麻酔とか、バルビツール酸誘導体やベンゾジアゼピン類なんかの薬の副作用で記憶を失う事もあるんだぜ」

『？？？　べんぞ……何ですか？』

神裂《かんざき》は珍しく弱々しい声を出したが、上条《かみじょう》はいちいち丁寧に説明する義理はないと無視した。

「簡単に言えば、人の記憶を『医学的』に奪う方法なんていくらでもある、って訳だよ。テメエらにできない方法で、一〇万三〇〇〇冊をえぐり取る方法が、って意味だ馬鹿《ばか》」

神裂の吐息が、ギクリと凍る。

だが、これは『記憶を取り除く』という事より『脳細胞を傷つける』ようなものだ。痴呆《ちほう》症《しょう》の老人は記憶をなくしていくが、その分記憶力が上がっていく訳ではないのと同じである。

しかし、上条は敢《あ》えてその事を告げなかった。ハッタリでも何でも良い、まずはとにかく魔術師による強引な『記憶消去』という処置を止めなければならない。

「それに、ここは学園都市だぜ？　読心能力《サイコメトリー》やら洗脳能力《マリオネッテ》やらなんつー『心を操る能力者』なんてのもたくさんいるし、そういう研究をやってる機関もゴロゴロある。望みを捨てるにゃまだまだ早いんだよ。常盤台《ときわだい》には触れただけで人の記憶を抜き取る超能力者《レベル5》もいるみたいだし」

本心の頼みの綱は、むしろこちらの方だった。

受話器の向こうは、何も言わない。

上条は、そんな『迷い』らしきものを見せ始めた神裂を叩《たた》き潰《つぶ》すようにさらに言葉を放つ。

「で、どうする魔術師？　テメエはこれでもまだ人の邪魔をするのか？　挑戦する事を諦《あきら》めて、とりあえずで人の命を天秤《てんびん》にかけちまおうってのか？」

『……、敵を説得する言葉にしては、安すぎますね』神裂は、わずかに自嘲《じちょう》の色を見せて、『逆に言えば、私達にはとりあえずあの子の命を助けてきた信頼と実績があります。何の実績も持たないあなたの「賭《か》け」は信用できません。それは無謀の一言に変換する事はできませんか？』

上条は、しばらく黙り込んだ。

反論する言葉を頭の中に浮かべようとしたけど、たったの一つも存在しなかった。

ならば、もう認めるしかない。

「……、だよな。結局、分かり合う事なんざできねーんだな」

コイツを、同じ境遇にいて理解できるかもしれなかった人間を、完全に敵と認めるしかない。

『ですね。同じモノを欲する者同士は味方になる、という公式があれば世界は洩《も》れなく平和になっているでしょうから』

上条は受話器を握る手に、わずかに力を込める。

そのボロボロの右手を、神様の奇跡《システム》さえ打ち消せると謳《うた》われたたった一つの武器を。

「——それじゃ、潰すぜ。宿敵」

『私とあなたの性能差《スペック》を鑑《かんが》みれば結果は火を見るより明らかですが、それでも挑戦《コール》しますか？』

「上等だ、受けて立てよ。だったら俺《おれ》が必ず勝てる環境に誘い込むだけだからな」

上条《かみじょう》は受話器に向かって犬歯を剥《む》き出しにする。

ステイルだって決して上条より格下ではなかった。上条が勝てたのは、スプリンクラーという設備にステイルが負けたせいだ。ようは、戦い方次第で実力を埋める事はできるはずなのだ。

『先に伝えておきますが、次、あの子が倒れれば、もう危険域《ておくれ》と思ってください』神裂《かんざき》の言葉は刀の切っ先のように鋭かった。『それでは、魔術師《われわれ》は今晩零時に舞い降ります。残り時間は本当にわずかですが、最後に素敵な悪あがきを』

「吠《ほ》え面かかすぜ、魔術師。アイツを助けて、テメェの見せ場を全部横取りしてやるからな」

首を洗って待っています、と笑って通話が切れた。

上条は受話器を静かに置いて、それから夜空の月を見上げるように天井《てんじょう》を見た。

「くそっ！」

まるで組み敷《し》いた相手に殴《し》りかかるかのように、畳《たたみ》の上に思いっきり右手の拳《こぶし》を振り下ろした。ボロボロの右手は全然痛くなかった。痛みなんて吹き飛んでしまうほど頭が混乱している。

電話ではあの魔術師に偉そうな事を言ったが、上条は脳外科医でもなければ大脳生理学の教授でもない。科学的に何とかなるかもしれないにしても、一介の高校生では具体的に何をどうすれば突破口になるかなんて見当もつかない。

見当もつかないのに、立ち止まる訳にはいかない。

まるでどこを見ても地平線しか存在しない砂漠の真ん中にポツンと取り残されて、自分の足で街まで戻ってこいと言われたような猛烈な焦りと不安が襲いかかってくる。

制限時間《リミット》がくれば魔術師達は容赦なくインデックスの記憶を殺し尽くす。おそらくもうアパートの近くに張り込んでいて、どこへ逃げようとしてもすぐに捕まえられるよう手はずを整えているはずだ。

その魔術師達がどうして今すぐ襲ってこないのか、その理由は分からない。単に上条に同情しているだけか、それとも制限時間《リミット》寸前でボロボロのインデックスを下手に動かしたくないからか。その辺りの事情なんて知った事ではない。

上条は畳の上で丸くなってすやすや眠っているインデックスの顔を見た。

それから、よしっ！　と気合を入れて起き上がる。

学園都市には大小一〇〇〇ヶ所以上の『研究機関』があるものの、一学生の上条にはコネもツテもない。それらを頼るには、やはり小萌《こもえ》先生に連絡するしかないだろう。

たった一日も時間がないのに何ができる、と思うかもしれない。間近に迫ったインデックスの制限時間《リミット》、だが……実はこっちには秘策がある。インデックスは『記憶を覚え続ける事で頭がパンクしてしまう』のだから、逆に言えば『記憶を止めて眠らせておけば』時間を稼ぐ事ができるんじゃないだろうか？

人間を仮死状態にする薬、なんて言うとロミオとジュリエットじみた非現実的な匂《にお》いがぷんぷん漂ってくるが、実際そこまで行かなくても構わない。ようは笑気《しょうき》ガス——手術で使う全身麻酔——で深い眠りに落とせば良いだけだ。

眠っている間も夢を見たりして頭を使うじゃないか、という心配はしなくて良い。上条《かみじょう》は記録術《かいはつ》の授業で『眠り』のシステムを少しかじっている。確か、『夢』を見るのは浅い眠りの時だけだ。深い眠りに入った人間は、『夢』を見る事すら忘れて頭を休ませるはずだ。

よって、上条に必要な事は二つ。

一つは、小萌《こもえ》先生に連絡して脳医学、もしくは精神能力関係の研究所に協力を仰ぐ事。

一つは、魔術師の目をかいくぐってインデックスをここから連れ出す事、もしくは上条でも二人の魔術師を倒せるような環境を作り上げる事。

上条はまず小萌先生に電話をする事から始めた。

……と、思ったけれど、冷静になってみたら小萌先生の携帯の番号なんて知らないのだった。

「うわ、すっげーバカっぽい……」

半分以上本気で死にたい声を出しながら、自分の周囲をグルリと見回してみた。

何の変哲もない……むしろ狭いと感じられるほどの四《よ》畳半《じょうはん》が、まるで得体の知れない迷宮のように見えた。灯《あか》りのない部屋はまるで夜の海のように暗く、畳《たたみ》の上に山積みにされた本や横倒しになったビール缶のわずかな陰《かげ》さえ何かを隠していそうな気がする。さらに化粧台やタンスの中など、数々の引き出しがある事を考えると気が遠くなりそうだ。

この中から、あるかどうかも分からない『携帯電話の番号』を探せなど、ムチャクチャだと思った。まるで広大なゴミの埋立地から、昨日間違って捨てた乾電池を一本、探してこいと言われたような気分だった。

それでも止まっていられない。上条は辺り構わずモノをひっくり返してメモか何かに携帯電話の番号が書いてないかを探してみる。一分一秒が惜しいこの状況で、あるかどうかも分からないモノを探すなんて正気の沙汰《さた》ではなかった。心臓の鼓動が一回聞こえるたびに神経がささくれ立ち、呼吸を一回するたびに頭の奥がチリチリと焼けるような焦りを生む。ハタから見れば、それは周りのモノに当り散らしているだけの八つ当たり野郎に見えたかもしれない。

タンスの奥まで調べて本棚の本を全部引き抜いた。上条がこれだけ暴れても身体《からだ》を丸めて眠りこけているインデックスは、何だかそこだけ時間が止まっているように見える。

自分はこんなに頑張ってるのにこうも完全にコタツ猫モードになってるインデックスを見ると異常にドツき回したくなってくるが、その時、家計簿らしき大学ノートに挟んであった一枚の紙切れがひらりと床に落ちるのを上条の目は見逃さなかった。

携帯電話の通話料金の明細書だった。

飛びつくように上条はその紙切れを拾い上げると、そこには確かに十一桁《けた》の番号が書いてあった。ついでに使用料金を見ると先月は十四万二五〇〇円も使っていた。絶対、悪質な電話に引っかかったに決まっていた。普段ならこれだけで三日は笑い転げる事ができる上条だが、今はそれどころではない。とにかく電話をかけなければ、と黒電話へ向かう。

電話番号を見つけるまでに随分、時間がかかったように思えた。

実際、それが何時間も経《た》っていたのか、ほんの数分間の出来事だったのか。そんな時間の感覚が分からなくなるほどに、上条《かみじょう》の心は切羽詰まっていた。

番号の通りにかけるとコール音三回で、まるで計ったように小萌《こもえ》先生と繋《つな》がった。

まるで口から泡でも飛ばすように、上条は受話器に向かって自分でも理解しにくいような、全く頭の整理ができていない『説明』を叫んでいた。

『―――ん－？　先生の専攻は発火能力《パイロキネシス》なので記憶操作関連《マインドハウンド》のコネは小っこいですねー。一応、滝沢《たきざわ》機関と遠大《とおだい》の大学病院が使えそうですけど、設備は二流です。他《ほか》に専門の能力者《ゲスト》を呼んだ方が無難ですねー、確か風紀委員《ジャッジメント》の四葉《よつば》さん辺りが精神感応《テレパス》の異能者《レベル4》で世話好きですー』

大して詳しい説明もしていないのに、小萌先生はすらすらと答える。

こんな事なら最初っから小萌先生に相談してりゃ良かったと上条は本気で思う。

『けど、上条ちゃん。研究所の人間は昼夜逆転ダメ人間だとしても、能力者さんは流石《さすが》にこの時間から呼び出すのはしんどいと思うのです。とりあえず施設《ベッド》だけ用意しとくです？』

「しとくです？　……ってダメだ先生《せんせい》。悪いけど一刻を争う状態なんだ、今すぐ叩《たた》き起こしてでも用意できねーのか？」

けどー、と小萌先生は人をイライラさせるような間を空けた後、

『だって、もう夜の十二時ですよ？』

は？　と、上条は思わずその場で凍りつくかと思った。

部屋には時計はない。だが、たとえあったとしても、今の上条に時間を確かめる勇気はない。

ギチギチと。ギチギチと、視線をインデックスの方へ落とす。

畳《たたみ》の上で丸くなって、ぐったりと眠りこけているインデックス。だが、投げ出した手足はピクリとも動かない。ピクリとも動いてくれない。

「……いん、でっくす？」

上条は恐る恐る、声をかけてみる。

インデックスは動かない。まるで熱病で倒れた病人のように、眠りに落ちたまま反応しない。

受話器が何かを言っていた。

だが、上条は声を聞き取る前に受話器を取り落としてしまった。掌《てのひら》にぬるぬるとした嫌な汗が一気に噴き出す。嫌な予感が胃袋の真ん中にボーリングの球を落としたようにのしかかる。

カンカン、とアパートの通路を歩く足音が聞こえた。

――それでは、魔術師《われわれ》は今晩零時に舞い降ります。残り時間はわずかですが、最後に素敵な悪あがきを。

上条《かみじょう》がその言葉を思い出した瞬間、アパートのドアが勢い良く外から蹴破《けやぶ》られた。
まるで樹海の奥に降り注ぐ木漏れ日のように、蒼《あお》ざめた月明かりが部屋に落ちる。
真円の月を背負い、二人の魔術師がそこに立っていた。

その時、日本中の時計の針は、きっかり午前零時を示していた。
それは、ある少女の制限時間《リミット》の終わりを意味していた。
つまり、そういう事だった。

第四章　退魔師は終わりを選ぶ　(N)Ever_Say_Good_bye.

1

二人の魔術師は、月明かりを背に壊れたドアから土足で踏み込んできた。

ステイルと神裂《かんざき》が目の前に現れても、もうインデックスは上条の前に立ち塞《ふさ》がらない。帰れと叫ぶ事もしない。まるで熱病にうなされるように全身を汗でびっしょりにして、吹けば消えてしまいそうな浅い呼吸をずっと繰り返している。

頭痛。

雪の降り積もるわずかな音でも頭蓋骨《ずがいこつ》が割れてしまいそうな、壮絶な頭痛。

「……、」

上条と魔術師の間に言葉はなかった。

土足のまま踏み込んできたステイルは、呆然《ぼうぜん》と立ち尽くす上条を片手で突き飛ばした。それはさしたる威力もなかったのに、上条は踏み止《とど》まる事もできない。まるで全身の力が抜けたように、そのまま古い畳《たたみ》の上へ尻餅《しりもち》をついてしまう。

ステイルは上条《かみじょう》の事など視線すら向けていない。

ぐったりと手足を投げ出したまま動かないインデックスの側《そば》にしゃがみ込んで、何かを口の中で呟《つぶや》いているようだった。

その肩は震えていた。

自分の最も大切な者を、目の前で傷つけられた『人間』の怒りそのままに。

「クロウリーの書《ムーンチャイルド》を参照。天使の捕縛法を応用し、妖精の召喚・捕獲・使役の連鎖を作る」

意を決したように、ステイルは立ち上がる。

こちらを振り返ったその表情には人間らしさなど微塵《みじん》もなく。

そこには、たった一人の少女を助けるために人間を辞めた魔術師の顔があるだけだった。

「——神裂《かんざき》、手伝え。この子の記憶を殺し尽くすぞ」

ザグン、と。

その言葉は、上条の胸の一番脆《もろ》い部分に突き刺さったような気がした。

「あ……、」

分かってる。インデックスの記憶を奪う事が、一人の少女を救う方法である事ぐらい。

そして、かつて上条は神裂にこう言った。本当にインデックスのためだけを想《おも》って行動するなら、記憶を殺す事をためらうな、と。何度記憶を失おうが、そのたびにもっと幸せな、もっと面白い思い出を与えてあげれば、彼女だって記憶をなくし『次の一年』を迎える事を楽しみにする事だってできるはずだ、と。

だけど、それは。

もう他に方法がないと諦めきった後の、妥協案のはずじゃなかったのか？

「…………、」

上条は、知らず知らずの内に爪《つめ》が砕けるほど拳《こぶし》を強く握り締めていた。

良いのか？　このまま諦《あきら》めるのか？　学園都市には人の記憶・精神に関連する研究施設なんていくらでもあるのに、そこにはもっと幸せな方法でインデックスを助ける方法があるかもしれないのに、ここで諦めるのか？　魔術なんて古臭い方法に、人の一番大切にしている思い出を殺すなんて世界で一番安易で、世界で一番残酷な方法に頼り続けて大丈夫なのか？

いや、いい。

そんなクソつまらない理屈はもうどうでも良い。

お前は、上条当麻《とうま》は。

まるでゲームのセーブデータを消すように、インデックスと共に過ごした一週間を白紙に戻される事に耐える事なんかできるのか？

「…………ま、てよ」

そうして、上条当麻は顔を上げた。

真正面に真正直に、インデックスを助けようとする魔術師と対峙《たいじ》するためだけに。

「待てよ、待ってくれ！　もう少しなんだ、あと少しで分かるんだ！　この学園都市には二三〇万もの能力者がいる、それらを統べる研究機関だって一〇〇〇以上ある。読心能力《サイコメトリー》、洗脳能力《マリオネッテ》、念話能力《テレキネシス》に思念使い《マテリアライズ》！　『心を操る能力者』も『心の開発をする研究所』もゴロゴロ転がってんだ、そういう所を頼っていけば、もう最悪の魔術《こんなほうほう》なんかに頼らなくっても済むかもしれねーんだよ！」

「……、」

ステイル＝マグヌスは一言も告げない。

それでも、上条《かみじょう》は炎の魔術師の目の前で叫び続ける。

「お前達だってこんな方法取りたかねーんだろ　心の底の底じゃ他《ほか》の方法はありませんかってお祈りしてんだろ！　だったらもう少し待ってくれ、俺《おれ》が必ず誰《だれ》もが笑って誰もが幸福な結末を探し出してみせるから！　だから……っ!!」

「……、」

ステイル＝マグヌスは一言も告げない。

どうして自分がそこまでしているのか、上条には分からない。インデックスに出会ったのはたった一週間前の出来事だ。それまでの十六年間、彼女の事を知らずに生きてきた上条なら、これから彼女がいなくなったって普通に生きていけるはずなのに。

はずなのに、ダメだった。

理由なんて知らない。理由なんて必要かどうかさえ分からない。

ただ、痛かった。

あの言葉が、あの笑顔が、あの仕草が、もう二度と自分に向けられる事がないと、
この一週間の思い出が、他人の手によってリセットボタンを押すように軽々と真っ白に消されてしまうと、
そんな可能性を考えるだけで、一番大切で一番優しい部分が、痛みを発した。

「……、」

沈黙が、支配する。

まるでエレベーターの中のような沈黙。音を発するものが何もないのではなく、その場に人がいるのに全員が押し黙っているような、かすかな息遣いだけが響く異様なまでの『沈黙《サイレンス》』。

上条は、顔を上げる。

恐る恐る、魔術師の顔を見る。

「言いたい事はそれだけか、出来損ないの独善者が」

そして。

そうして、ルーンの魔術師、ステイル＝マグヌスが放った言葉はそれだった。

彼は上条《かみじょう》の言葉を聞いていなかった訳ではない。

上条の言葉を一言一言耳に入れ、嚙《か》み砕き、その意味と裏側にある想《おも》いの全《すべ》てを汲《く》み取って。

それでもなお、ステイル＝マグヌスは眉《まゆ》一つ動かさなかった。

上条の言葉など、たった一ミリも響いていなかった。

「邪魔だ」

ステイルの一言。上条は、自分がどんな風に顔の筋肉を動かしているかも分からなくなる。

そんな上条に、ステイルはたった一度のため息もつかず、

「見ろ」

言って、ステイルは何かを指差した。

上条がそちらへ視線を移す前に、ステイルは勢い良く上条の髪の毛を摑《つか》んだ。

「見ろ!!」

あ、と上条の声が凍りつく。

眼前に、今にも呼吸が止まってしまいそうなインデックスの顔があった。

「君はこの子の前で同じ台詞《せりふ》が言えるのか?」ステイルは、震える声で、「こんな死人の一秒前みたいな人間に！　激痛でもう目を開ける事もできない病人に！　ちょっと試したい事があるからそのまま待ってろなんて言えるのか!!」

「……、」

インデックスの指が、もぞもぞと動いていた。かろうじて意識があるのか、それとも無意識の内の行動なのか、もう鉛《なまり》のように動かない手を必死に動かして、上条の顔へ触れようとしている。

まるで魔術師に髪を掴まれた上条の事を、必死に守ろうとしているように。

自分自身の激痛なんて、どうでも良いかのごとく。

「だったら君はもう人間じゃない！　今のこの子を前に、試した事もない薬を打って顔も名前も分からない医者どもにこの子の体を好き勝手いじらせ、薬漬けにする事を良しとするだなんて、そんなものは人間の考えじゃない！」ステイルの叫びが、鼓膜を貫通して脳に突き刺さる。

「――答えろ、能力者。君はまだ人間か、それとも人間を捨てたバケモノなのか⁉」

「……、」

上条は、答えられない。

死者の心臓にさらに剣を突き刺すように、ステイルは追い討ちをかける。

ステイルはポケットの中から、ほんの小さな十字架のついたネックレスを取り出した。

「……これはあの子の記憶を殺すのに必要な道具だ」ステイルは上条の目の前で十字架を振って、「ご推察の通り、『魔術』の一品だよ。君の右手が触れれば、僕の魔女狩りの王《イノケンティウス》と同様、それだけで力を失うはずだ」

まるで五円玉を使ったチャチな催眠術みたいに、上条《かみじょう》の前で十字架が揺れる。

「だが、消せるのか、能力者？」

上条は、ギクリと凍りついたようにステイルの顔を見た。

「この子の前で、これだけ苦しんでいる女の子の前で、取り上げる事ができるか！　そんなに自分の力を信じているなら消してみろ、能力者《ヒーロー》気取りの異常者《ミュータント》が！」

上条は、見る。

目の前で揺れる十字架を。人の記憶を奪う忌まわしき十字架を。

ステイルの言う通り、これさえ奪ってしまえばインデックスの記憶の消去を止められる。

難しい事は何もない。ただちょっと手を伸ばして、指先で軽く撫《な》でてやれば良いだけだ。

それだけだ。そのはずだ。

上条は、震える右手を岩のように硬く握り締めて、

けれど、できなかった。


魔術は、『とりあえず』安全かつ確実にインデックスを救う事ができる唯一の方法だ。

これだけ苦しんで、これだけ我慢を続けてきた女の子の前で、それを取り上げるだなんて。

できるはずが、なかった。

「準備を合わせて、最短で……午前零時十五分、か。獅子宮《ししざ》の力を借りて記憶を殺す」

ステイルは、そんな上条を見てつまらなそうに言った。

午前零時十五分――――おそらく、もう一〇分間も時間はない。

「……ッ!!」

やめろと叫びたかった。待ってくれと怒鳴りたかった。だけど、その結果苦しむのは上条ではないのだ。上条のワガママの支払いは、全《すべ》てインデックスに向かってしまうのだ。

もう、認めろ。

『私の名前はね、インデックスって言うんだよ?』

もう、いい加減に認めろ。

『それでね、このインデックスにおなかいっぱいご飯を食べさせてくれると私は嬉《うれ》しいな』

もう、上条当麻《とうま》には禁書目録《インデックス》を救う力も資格もないんだって、認めろ!

上条は、叫ぶ事も、吼《ほ》える事もできなかった。

ただ、天井《てんじょう》を見上げたまま奥歯を噛《か》み締めて……耐え切れなかった涙がまぶたから落ちた。

「……なぁ、魔術師」

上条は本棚に背中を預けたまま、天井に視線を向けたまま、呆然《ぼうぜん》と呟《つぶや》いた。

「俺《おれ》は最後に、この子になんて言ってお別れすれば良いんだと思う?」

「そんなくだらない事に割《さ》く時間などどこにもない」

そっか、と上条《かみじょう》は呆然《ぼうぜん》と答えた。

そのまま凍り付いてしまうのでは、という上条の有り様に、ステイルはさらに追い討ちをかける。

「ここから消えてくれないか、能力者《バケモノ》」魔術師《ステイル》は上条を見て、「……君の右手は僕の炎を打ち消した。それがどういう原理か未《いま》だに理解できないけど……それがこれから行う術式に影響を及ぼされては困るんだ」

そっか、と上条は呆然と答えた。

そのまま死体になってしまったように、上条は小さく笑った。

「――アイツの背中が斬《き》られた時もそうだけどさ。何で俺《おれ》には何もできねーのかな」

知った事か、という目でステイルは何も答えない。

「これだけの右手を持っていて、神様の奇跡《システム》でも殺せるくせに」上条は、崩れ落ちるように、

「……どうして、たった一人――苦しんでる女の子を助ける事もできねーのかな」

笑っていた。

運命を呪《のろ》う事もなく、不幸のせいにする事もなく、ただ、己の無力さのみを噛《か》み締めて。

神裂《かんざき》は、辛《つら》そうに目を背けようとした後、

「儀式を行う午前零時十五分まで、まだ一〇分ほど時間が余っていますね」

信じられないものでも見るかのように、ステイルは神裂を睨《にら》みつける。

だが、神裂はステイルの顔を見て、小さく笑った。

「……私達が初めてあの子の記憶を消すと誓った夜は、一晩中あの子の側《そば》で泣きじゃくっていました。そうでしょう、ステイル？」

「……ッ」ステイルは一瞬だけ息が詰まったように黙り込み、「だ、だが。今のコイツは何をするか分からないんだ。僕達が目を離した隙《すき》に心中でも図ったらどうする？」

「それなら、さっさと十字架に触れていると思いませんか？　彼がまだ『人間』だと確信していたからこそ、あなたも偽物《フェイク》ではなく本物の十字架を使って試してみたのでしょう？」

「しかし……、」

「どの道、時が満ちるまで儀式は行えません。ここで彼の未練を残しておけば、儀式の途中で妨害が入るという危険が残りますよ。ステイル」

　ステイルは奥歯を噛み締めた。

　ギリギリと。ステイルは今にも獣のように上条の喉《のど》を食い破ろうとする己を抑えつけて、

「一〇分間だ。良いな!?」

　バッと、きびすを返してアパートのドアへ向かった。

　神裂は何も言わずにステイルに続いて部屋を出たが、その目はとても辛《つら》そうに笑っていた。

　バタン、とドアが閉まる。

　後には、上条とインデックスだけが残された。命を賭《か》けて――上条ではなく、インデックスの命を削って手に入れた一〇分間。けれど、上条は何をして良いかも分からない。

「あ────、か。ふ」

ぐったりしたインデックスの口から声が洩《も》れて、上条《かみじょう》はビクンと肩を震わせた。

インデックスが、薄目を開けていた。何で自分が布団《ふとん》の上なんかで寝転がっているのか、ここで眠っていたはずの上条はどこへ行ったのか、ただそれだけが心配だと言わんばかりに。

自分の事など、すっかり忘れて。

「……、」

上条は、奥歯を噛《か》み締めた。今の彼女の前に立つ事が、魔術師と戦う事より恐《こわ》かった。

だけど、逃げ出す訳には、いかなかった。

「とう、ま？」

上条が布団に近づくと、インデックスは汗びっしょりの顔で安堵《あんど》したように、心底安堵したようにホッと息をついた。

「……、ゴメン」

上条は、布団のすぐ側で、俯《うつむ》くようにインデックスと目を合わせながら、言った。

「……、？　とうま、部屋になんか陣が張ってある」

今まで気を失っていたインデックスには、それが二人の魔術師によって描かれたものだと分からない。布団の近くの壁に描かれた模様を見ながら、少女みたいに首を傾《かし》げている。

「……、」

上条は一瞬、奥歯を噛み締めた。

ほんの一瞬。誰《だれ》にも何も気づかれる間もなく、表情は戻る。

「……、回復魔法、だってさ。お前の頭痛がそんなひどくなんのがいけねーんだぞ?」

「? 魔法って……、誰が」

そこまで言った時、ようやくインデックスは『ある可能性』に気がついた。

「!?」

もう動かせない体を無理矢理に動かして、インデックスは跳ね起きようとする。ズキン、とその顔が苦痛に歪《ゆが》んだのを見た瞬間、上条は思わずインデックスの両肩を掴《つか》んで無理矢理にでも布団に押し戻した。

「とうま! また魔術師がきたんでしょ! とうま、逃げなきゃダメだよ!!」

インデックスは信じられないという顔で上条を見る。魔術師という存在が一体どれだけ危険なのか知っている彼女は、心の底から上条の事を心配している。

「……、もう、良いんだ。インデックス」

「とうま!」

「終わったんだよ。……もう、終わっちまったんだ」

とうま、とインデックスは小さく呟《つぶや》いて、それから全身の力を抜いた。

上条《かみじょう》は、今の自分がどんな顔をしているか、分からなかった。

「……、ゴメン」上条は、言う。「俺《おれ》、強くなるから。もう二度と、負けねえから。お前をこんな風に扱う連中、全部残らず一人残らずぶっ飛ばせるぐらい、強くなるから…、」

泣く事さえ、卑怯《ひきょう》。

同情を誘う事など、もってのほか。

「……待ってろよ。今度は絶対、完璧《かんぺき》に助け出してみせるから」

インデックスの目には、それがどんな風に映ったのか。

インデックスの耳には、それがどんな風に聞こえたのか。

「分かった。待ってる」

事情を知らなければ、敵に負けた上条が保身のためにインデックスを売ったとしか見えない。

なのに、彼女は笑っていた。

ボロボロの笑顔で、完璧な笑顔で、今にも崩れそうに、笑ってくれた。

上条は、分からない。

どうして彼女がこんなに人を信用してくれるのか、そんな事はもう分からない。

だけど、それで覚悟は決まった。

頭痛が治ったらこんなヤツらをやっつけて自由になろう、と言った。

そしたら一緒に海でも行きたいけど、夏休みの補習が終わってからだな、と言った。

いっその事、夏休みが終わったら学校《ウチ》に転入してくるのはどうだ？　と聞いた。

いっぱい思い出を作りたいね、とインデックスは言った。

作りたいじゃない、作るんだよ、と上条は約束した。


ウソを、貫き通す。

何が正しくて何が間違ってるかなんて、もうどうでも良い。冷たいだけで優しくない、正しいだけで女の子の一人も安心させられない正義なんてもういらない。

上条当麻《とうま》を表す名に、正義も邪悪も必要ない。

そんな名前は、偽善使い《フォックスワード》で十二分。

だから、上条当麻は涙の一滴さえ、こぼさなかった。

ほんの、一滴さえ。


「……、」

ぱたり、と音を立てて。インデックスの手から力が抜けて、布団《ふとん》の上に落ちた。

再び意識を失ったインデックスは、まるで死人のようだった。

「けどさ、」

熱病にうなされるようなインデックスの顔を見て、上条《かみじょう》はそっと唇を噛《か》み締めた。

「……こんな最悪な終わり方って、ないよなぁ」

噛み締めた唇から、血の味がした。

間違っていると分かっていても何もできない自分がひどく悔しかった。そう、上条には何もできない。インデックスの脳の八五％を占める一〇万三〇〇〇冊の知識をどうにかする事も、残る十五％の『思い出』を守り抜く事だって
「……、あれ？」

と、そこまで絶望的な考えを巡らせていた上条は、ふと自分の言葉の違和感を感じ取った。


八五％？


ギチギチ、と。

上条は、見る。上条は、熱病に浮かされたようなインデックスの顔を見る。

八五％。そう、確かに神裂《かんざき》は言った。インデックスの脳の八五％は一〇万三〇〇〇冊の魔道書を覚えるために使われている。そのためにインデックスは脳を圧迫されて、残る十五％ではたった一年分の思い出を溜《た》めておく事しかできない、それ以上無理に『記憶』し続ければ彼女の脳はパンクしてしまう、と。

けど、ちょっと待て。

十五%も使って、て、たった一年分しか記憶できないって言うのは、どういう事だ？

完全記憶能力、というのがどれだけ珍しい体質かは分からない。けど、少なくても世界中を探してインデックス一人だけ、というほど珍しいものではないと思う。

そして、他《ほか》の完全記憶能力者は『魔術』なんて馬鹿《ばか》げた方法で記憶を消したりはしない。

それでも、脳を十五%も使ってたった一年分の記憶しか溜《た》められないというなら……。

「……それじゃ、六歳か七歳で死んじまうって計算じゃねーか……」

そんな不治の病じみた体質なら、普通はもっと有名にならないか？

いいや、それ以前に。

神裂は一体、どうやって八五%だの十五%だのって数字を導き出した？

それは一体、どこの誰《だれ》に聞いたものなんだ？

そして一体、
そもそも、その八五%って情報は、本当に正しいのか？

「……やられた」

もし、仮に。神裂が脳医学について何も知らなかったら？　ただ自分の上司——教会から告げられた情報をそのまま鵜呑《うの》みにしているとしたら？

何か、何かとてつもなく嫌な予感がする。

上条《かみじょう》は迷わず部屋の隅《すみ》にある黒電話に飛びついた。小萌《こもえ》先生はどこかへ出かけている。携帯電話の番号はついさっき部屋中をひっくり返して見つけていたので問題ない。

機械的な、ひどく人をイライラさせるコール音が続く。

神裂《かんざき》の言っている『完全記憶能力』の説明はどこか間違っていると思う。そして、その『間違い』が教会の意図的なモノだとしたら？　そこに何か秘密が隠されているかもしれない。

と、ブツッというノイズじみた音と共に電話が繋《つな》がった。

「先生!!」

上条がほとんど反射的に叫ぶように言うと、

『あ～い～。その声は上条ちゃんですね～、先生の電話を勝手に使っちゃダメですよ～う』

「……なんか、メチャクチャいい声出してんですけど」

『あい～、先生は今銭湯《せんとう》にいてですねー、コーヒー牛乳片手に新型マッサージ椅子《いす》の試験運用に立ち会ってるのです～、あい～』

「……、」

上条はこのまま受話器を握り潰《つぶ》そうかと思ったが今はインデックスの事の方が大事だった。

「先生。黙ってそのまま聞いてください。実はですね――――」

上条は完全記憶能力について聞いてみた。

それはどんなものなのか？　本当に一年間の記憶をするだけで脳を十五％も使う——つまり六歳か七歳で寿命を迎えてしまうほど絶望的な体質なのかどうかを。

『そんな訳ないんですよ～』

小萌先生は一言で切り捨てた。

『確かに完全記憶能力はどんなゴミ記憶——去年のスーパーの特売チラシとか——も忘れる事はできませんけど～、別にそれで脳がパンクする事は絶対にありません～。彼らは一〇〇年の記憶を墓まで抱えて持ってくだけです、人間の脳は元々一四〇年分の記憶が可能ですから～』

ドグン、と上条の心臓が脈打つ。

「け、けど。仮にものすごい勢いでモノを覚えていたら？　例えば記憶力にモノを言わせて図書館にある本を全部記憶しちまったとか、そうなったら脳はパンクしちまうんですか？」

『はあ……、上条ちゃん記録術《かいはつ》は落第ですね～』小萌先生は幸せそうな声で、『よいですか上条ちゃん、そもそも人の「記憶」とは一つだけではありません。言葉や知識を司《つかさど》る「意味記憶」、運動の慣れなんかを司る「手続記憶」、そして思い出を司る「エピソード記憶」ってな具合にですね～、色々あるのですよ～、いろいろ～』

「えっと、先生……。ちょっと言ってる意味が分からないんですけど」

『つまりですね～』小萌先生は説明好きっぽい喜び方をして、『それぞれの記憶は、容《い》れ物が違うんです～。燃えるゴミと燃えないゴミ、みたいな？　例えば頭をがつーんと打って記憶喪失になったって、ばぶばぶ言ってそこら辺をハイハイする訳じゃないでしょう～？』

「……て、事は」

『はい～。どれだけ図書館の本を覚えて「意味記憶」を増やした所で～、思い出を司る「エピソード記憶」が圧迫されるなんて事は、脳医学上絶対にありえません～』

それこそ、がつーん、と頭を打たれたようだった。

受話器が手から滑り落ちる。落ちた受話器が電話のフックに激突して通話が途切れてしまったが、もう今の上条《かみじょう》にはそんな事を気にする余裕はない。

教会は、神裂に嘘をついていた。

インデックスの完全記憶能力は、人の命を脅かすようなものではなかったのだ。

「けど、何で……？」

上条は呆然《ぼうぜん》と呟《つぶや》く。そう、何でだろう？　教会は元々何もしなくても安全なインデックスの事を、一年置きに処置しなければ死んでしまう体などと嘘《うそ》をついた？

そして、現に上条の目の前で苦しんでいるインデックスは、とても嘘《ダミー》には見えない。完全記憶能力が原因でないなら、インデックスは一体どうして苦しんでいるんだ？

「――――は」

そこまで考えて、不意に上条は笑い出したくなった。

そうだ、教会は、、、インデックス、、、に首輪を、、、、つけたがって、、、いた、、。

一年置きに教会の技術と術式《メンテナンス》を受けなければ生きていけないという、首輪を。一〇万三〇〇〇冊もの魔道書を握るインデックスが絶対に裏切れないようにするための、首輪を。

もし仮に、元々インデックスは技術と術式を受けなくても大丈夫な体だったら？

技術と術式なんて受けなくても、キチンと一人で生き続ける事ができる体だったら？

教会は、そんなインデックスを放っておくはずがない。一〇万三〇〇〇冊の魔道書を握ったままどこへ消えるかも分からないインデックスに、首輪をつけないはずがない。

繰り返す、教会はインデックスに首輪をつけたがっていた。

ならば話は簡単だ、

教会が、、、元々何も問題なかっ、、、たイ、、ンデックス、、、、の頭、、に何か、、、細工をした、、、、、んだ、、。

「―――――――、はは」

そう、例えば元々一〇リットルの水が入るバケツの底にコンクリを詰めて、一リットルしか水を汲《く》めないようにするように。

インデックスの頭をいじって、『たった一年分の記憶だけで頭がパンクする』ように。

インデックスが、教会の技術と術式を頼らなければならないように。

インデックスの魔術師達《なかま》が、涙を飲んで教会の意思に従わなければならないように。

——人の優しさや思いやりすら計算に組み込んだ、悪魔の仕組み《プログラム》を組み上げた。

「……けど、そんな事はどうでも良い」

そう、今はそんな事はどうでも良い。

問題なのは、今ここで問題にすべきなのは、ただ一つ。インデックスを苦しめてきた教会の拘束具《セキユリティ》は一体何なのか、という事。上条《かみじょう》達、能力者を統べる学園都市が『科学』の最先端であると同じく、魔術師を統べる必要悪《ネセサリウス》の教会は一体『何の』最先端であるか、という事。

そう、相手が『魔術』なんていう『異能の力』であるならば、

——上条当麻《とうま》の右手は、たとえそれが神様の奇跡《システム》であっても触れただけで打ち消す事ができるのだから。


上条は時計のない部屋で、今が何時か考える。

儀式を始める時間まで、おそらくもう何分もない。続いて上条はアパートのドアを見た。その向こうにいる魔術師にこの『真実』を告げた所で、彼らは信じるか？　答えはノーだ。上条はただの高校生だ、脳医学の医師免許を持っている訳ではないし、何より魔術師との関係は『敵』と呼んで何の問題もない。上条の言葉を彼らが信じるとは思わない。

上条は、視線を落とす。

ぐったりと手足を投げ出して布団《ふとん》の上に転がるインデックスを見る。どこもかしこも気味の悪い汗でぐっしょりと濡《ぬ》れ、銀の髪はバケツで水を被《かぶ》ったようだった。まるで熱病に浮かされたように、その顔は紅潮し苦しそうに時折眉毛《まゆげ》が動いていた。

『この子の前で、これだけ苦しんでいる女の子の前で、取り上げる事が、、、、、できるか！　そんなに自分の力を信じているなら消してみろよ、能力者気取《ヒーロー》りの異常者《ミュータント》が！』

ついさっき、自分自身を散々に打ちのめしたステイルの言葉に、上条は小さく笑った。

小さく笑う事ができるほど、世界は変わっていた。

「主人公《ヒーロー》気取り、じゃねえ――――」

上条は笑いながら、右手を覆《おお》い尽くすように巻いた真っ白な包帯を解《ほど》いていく。

まるで、右手の封印を解くように。

「――――主人公に、なるんだ」

言って、笑って、上条はボロボロの右手をインデックスのおでこの辺りに押し付けた。

神様の奇跡《システム》でも打ち消せると言っておきながら、不良の一人も倒せない、テストの点も上がらなければ女の子にモテたりもしない、何の役にも立たないと思っていた、右手。

けれど、たった一つ。

目の前で苦しんでいる女の子を助ける事ができるなら、それはとても素晴らしい力だと思いながら。

……。

……、

……?

「————————、って、あれ?」

起きない。何も起きない。

光も音もなかったが、これで教会がインデックスにかけた『魔術』は消えたのか? いや、それにしてはインデックスは相変わらず苦しそうに眉《まゆ》を寄せているような気がする。何も変わっていないような気がする。

上条《かみじょう》は不思議そうに首を傾《かし》げてほっぺたやつむじの辺りをぺたぺた触ってみるが、何も起きない。何も変わらない。何も変わらないが————一つだけ思い出した。

上条は、もう何度かインデックスの体に触れている。

例えば学生寮でステイルをぶん殴った後、傷ついたインデックスを運んだ時にもあちこち触れてるし、インデックスが布団《ふとん》の中で自分の素性《すじょう》を明かした時に上条はインデックスのおでこを軽く叩《たた》いたはずだが————当然、何かが起きた形跡はなかった。

上条は首をひねる。自分の考えが間違っていた……とは思えない。そして、上条の右手に打ち消せない『異能の力』は存在しない、はずだ。ならば、ならば……まだインデックスに触れてない部分がある？

「……あー、」

何かものすごくエロい方向にすっ飛びかけた頭を上条は無理矢理に戻す。

けれど、考え自体はそれしか残っていない。インデックスにかかっているのが『魔術』で、上条の右手に消せない『魔術』は存在しないと言うならば、上条の右手が『魔術』に触れていないと、そういう理屈になる。

けど、それはどこだろう？

上条は熱病に浮かされたようなインデックスの顔を見る。記憶に関する魔術……なんだから頭、もしくは頭に近い場所に魔術はかかっている、んだろうか？　頭蓋骨《ずがいこつ》の内側に魔法陣でも刻んである、とか言われたら流石《さすが》に上条もお手上げだ。体の中にあるモノなんて普通、雑菌だらけの生身の指で触れられるはずが――――。

「…………あ」

と、上条はもう一度インデックスの顔を見る。

苦しそうに動く眉毛、硬く閉じられた瞳《ひとみ》、泥《どろ》みたいな汗の伝う鼻――――それらを無視して、上条は浅い呼吸を繰り返す可愛《かわい》らしい唇に視線を落とす。

上条は右手の親指と人差し指を、その唇の間に滑り込ませて、強引に彼女の口を開いた。

喉《のど》の奥。

頭蓋骨《ずがいこつ》の保護がない分、直線距離ならつむじより『脳』に近い場所。そして滅多に人に見られず、それ以上に人に触れさせない部分。その赤黒い喉《のど》の奥に、まるでテレビの星占いで見かけるような不気味な紋章《マーク》がただ一文字、真っ黒に刻まれていた。

「……、」

上条《かみじょう》は一度だけ目を細めると、意を決してさらに少女の口の中に手を突っ込んだ。

ぬるり、と。それ自体が別の生き物のように蠢《うごめ》く口の中に指が滑り込む。異様なほど熱を帯びた唾液《だえき》が指に絡みつく。上条は不気味とも言える舌の感触に一瞬ためらってから、インデックスの喉を突くように、一気に指を押し込んだ。

ぐっ、と強烈な吐き気にインデックスの体が大きく震えた——ような気がした。

パチン、と静電気が散るような感触を上条は右手の人差し指に感じると同時、

バギン！　と。上条の右手が勢い良く後ろへ吹き飛ばされた。

「がっ…………!?」

ぱたぱた、と布団《ふとん》や畳《たたみ》の上に血の珠《たま》がいくつも落ちる。

まるで拳銃《けんじゅう》で手首を撃たれたような衝撃に、上条は思わず自分の右手を見た。元々神裂《かんざき》に引き裂かれた傷が開いて、ボタボタと音を立てて鮮血が畳の上へ落ちていく。

そして、顔の前へ持ってきた右手の、そのさらに向こう。

ぐったりと倒れていたはずのインデックスの両目が静かに開き、その眼《め》は赤く光っていた。

それは眼球の色ではない。

眼球の中に浮かぶ、血のように真っ赤な魔法陣の輝きだ。

(まずい……ッ!!)

上条が本能的な背筋の震えに、壊れた右手を突きつける前に、
インデックスの両目が恐ろしいぐらい真っ赤に輝き、そして何かが爆発した。

ゴッ!!　という凄《すさ》まじい衝撃と共に上条の体はそのまま向かいの本棚へ激突する。本棚を作っている木の板がまとめて爆《は》ぜ割れ、バラバラと大量の本が落ちる音が響く。上条の全身の関節もバラバラと砕けてしまいそうな激痛に襲われる。

ガチガチと震え、ともすれば崩れ落ちてしまいそうな両足で上条はかろうじて起き上がる。

口の中に溜《た》まった唾《つば》の中に、鉄臭い血の味が混じっていた。

「――――警告、第三章第二節。Index-Librorum-Prohibitorum――――禁書目録《インデックス》の『首輪』、第一から第三まで全結界の貫通を確認。再生準備……失敗。『首輪』の自己再生は不可能、現状、一〇万三〇〇〇冊の『書庫』の保護のため、侵入者の迎撃を優先します」

上条は、目の前を見る。

インデックスは、まるで骨も関節もない、袋の中にゼリーが詰まっているかのようにのろのろと。

ような不気味な動きでゆっくりと立ち上がる。その両目に宿る真紅の魔法陣が上条《かみじょう》を射抜く。

それは眼であって、目ではない。

そこに人間らしい光はなく、そこに少女らしいぬくもりは存在しない。

かつて、上条はこの瞳《ひとみ》を見た事がある。神裂《かんざき》に背中を斬《き》られ、学生寮の床に倒れている彼女が機械のようにルーン魔術について語った、あの時だ。

(魔力がないから、私には使えないの)

「……、そういやぁ、一つだけ聞いてなかったっけか」

上条はボロボロの右手を握り締めながら、口の中で小さく言った。

「超能力者でもないテメエが、一体どうして魔力がないのかって理由、、、、、、、、、、、、、、、、」

その理由が、おそらくこれだ。教会は二重三重の防御網《セキユリテイ》を用意していた。もし仮に、誰《だれ》かが『完全記憶能力』の秘密について知り、『首輪』を外そうとした場合。インデックスは自動的に一〇万三〇〇〇冊の魔道書を操り、その『最強』とも言える魔術を使って、文字通り真実を知った者の口を封じる。その自動迎撃システムを組み上げるために、インデックスの魔力は全《すべ》てそこに注ぎ込まれてしまったのだ。

「――――『書庫』内の一〇万三〇〇〇冊により、防壁に傷をつけた魔術の術式を逆算……失敗。該当する魔術は発見できず。術式の構成を暴き、対侵入者用の特定魔術《ローカルウエポン》を組み上げます」

インデックスは、糸で操られる死体のように小さく首を曲げて、

「――侵入者個人に対して最も有効な魔術の組み込みに成功しました。これより特定魔術『聖《セント》ジョージの聖域』を発動、侵入者を破壊します」

バギン！　と凄《すさ》まじい音を立てて、インデックスの両目にあった二つの魔法陣が一気に拡大した。インデックスの顔の前には、直径二メートル強の魔法陣が二つ、重なるように配置してある。それは左右一つずつの眼球を中心に固定されているようで、インデックスが軽く首を動かすと空中に浮かぶ魔法陣も同じように後を追った。

「　　　　、　」

インデックスが何か――もはや人の頭では理解できない『何か』を歌う。

瞬間、インデックスの両目を中心としていた二つの魔法陣がいきなり輝いて、爆発した。ニュアンスとしては空中の一点――インデックスの眉間《みけん》の辺りで高圧電流の爆発が起き、四方八方へ雷《かみなり》が飛び散るような感覚。

ただし、それは青白い火花ではなく、真っ黒な雷のようなものだった。

全く非科学的な事を言って申し訳ないが、それは空間を直接引き裂いた亀裂《きれつ》のようなものに見えた。バギン！　と。二つの魔法陣の接点を中心に、ガラスに弾丸をぶち込んだように、空気に真っ黒な亀裂が四方八方へ、部屋の隅々《すみずみ》まで走り抜けていく。まるでそれ自体が何人《なんぴと》たりともインデックスに近づけまいとする、一つの防壁であるかのように。

めき……、と。何かが脈動するように、亀裂《きれつ》が内側から膨《ふく》らんでいく。

わずかに開いた漆黒の亀裂の隙間《すきま》から流れ出るのは、獣のような匂《にお》い。

「あ、」

上条《かみじょう》は、唐突に知った。

それは理論や論理ではない、屁理屈《へりくつ》や理性ですらない。もっと根源的な、本能に近い部分が叫んでいる。あの亀裂の中にあるものが『何か』は知らない。だが、それを見たら、それを真正面から真正直に直視したら、たったそれだけで上条当麻《とうま》という一存在は崩壊してしまう、と。

「。は」

上条は、震えている。

どんどんどんどん亀裂が広がっていき、その内側から『何か』が近づいてきている事を知っても。上条は動けない。震えている、震えている、本当に震えている。だって、何故《なぜ》なら。

ようは、『それ』さえ倒してしまえば。

他《ほか》の誰《だれ》でもない、自分自身の手でインデックスを助け出す事ができるのだから。

「あはははははははははははははははははははははははははははははははははは!!」

だから、上条は歓喜に震えていた。

恐《こわ》い？　そんなはずはない。だって、ずっと待っていたんだから。神様の奇跡《システム》すら打ち消せると言っておきながら、不良からは逃げるしかなく、テストの点が上がる訳でもなく、女の子にモテたりする事もない、こんな役立たずな右手を持って。

それでも、自分のせいで一人の女の子の背中が斬《き》られた時。回復魔法の邪魔だと言われてアパートを飛び出した時、鋼糸使《ワイヤー》いのサムライ女にボコボコにやられた時！　自分の無力感を呪《のろ》いながら、それでもたった一人の女の子を助けたいと、ずっとずっと願っていたんだから！

別にこんな物語の主人公になりたかった訳じゃない。

ただ、こんな残酷すぎる物語さえ打ち消し、引き裂くほどの力が右手に宿っているんだから！

たった四メートル。

もう一度、あの少女に触れるだけで全《すべ》てを終わらせる事ができるのだから！

だから、上条《かみじょう》は『亀裂《きれつ》』へ――――その先にいるインデックスの元へと走った。

その右手を握り締めて。

こんな残酷な物語の、無限に続くつまらないつまらない結末を打ち消すために。

同時、ベギリ――――と、亀裂が一気に広がり、『開いた』。

ニュアンスとしては、処女を無理矢理引き裂いたような痛々しさ。そして部屋の端から端まで達するほど巨大な亀裂の奥から、『何か』が覗《のぞ》き込んで、

ゴッ!! と。亀裂の奥から光の柱が襲いかかってきた。

もうたとえるなら直径一メートルほどのレーザー兵器に近い。太陽を溶かしたような純白の光が襲いかかってきた瞬間、上条は迷わずボロボロの右手を顔の前に突き出した。

じゅう、と熱した鉄板に肉を押し付けるような激突音。

だが、痛みはない。熱もない。まるで消火ホースでぶち撒《ま》かれる水の柱を透明な壁で弾《はじ》いているかのように、光の柱は上条の右手に激突した瞬間、四方八方へと飛び散っていく。

それでも、『光の柱』そのものを完全に消し去る事はできない。

まるでステイルの魔女狩りの王《イノケンティウス》のように、消しても消してもキリがない感じ。畳《たたみ》につけた両足がじりじりと後ろへ下がり、ともすれば重圧に右手が弾き飛ばされそうになる。

(違う……これは、そんなもんじゃ…………ッ!?)

上条は思わず空いた左手で吹き飛ばされそうな右手の手首を掴《つか》む。右手の掌《てのひら》の皮膚がビリビリと痛みを発した。魔術が食い、い、い、い、い、込んできている……右手の処理能力が追いつかず、ジリジリとミリ単位で光の柱が上条の方へと近づいてきているのだ。

（単純な『物量』だけじゃねえ……ッ！　光の一粒一粒の『質』がバラバラじゃねえか!!）

ひょっとすると、インデックスは一〇万三〇〇〇冊の魔道書を使って、一〇万三〇〇〇種類もの魔術を同時に使っているのかもしれない。一冊一冊が『必殺』の意味を持つ、その全《すべ》てを使って。

と、アパートのドアの向こうが騒がしくなった。

今頃《いまごろ》『異変』に気づいたのか、と上条《かみじょう》が思った瞬間、勢い良くドアが開いて二人の魔術師が飛び込んできた。

「くそ、何をやっている!!　この期に及んでまだ悪あがきを―――――!!」

何かを叫びかけたステイルは、けれど途中で背中を殴られたように息を詰まらせた。目の前にある光の柱――そしてそれを放つインデックスを眺めて心臓が止まったような顔をしている。

神裂《かんざき》が……あれだけ孤高で最強に見えた神裂が、目の前の光景に絶句していた。

「……ど、『竜王の殺息《ドラゴン・ブレス》』って、そんな。そもそも何であの子が魔術なんて使えるんですか！」

上条は振り返らない。

振り返るだけの余裕がないのも事実だったし、もう現実《インデックス》から目を逸《そ》らすのは嫌だった。

「おい、光の柱《コイツ》が何だか知ってんのか！」だから、振り返らないまま叫ぶ。「コイツの名前は？　正体は!?　弱点は!?　俺《おれ》はどうすれば良い、一つ残らず全部まとめて片っ端から説明しやがれ!!」

「……けど、だって……何が」

「じれってえ野郎だな、んなの見りゃ分かんだろ！　インデックスはこうして魔術を使ってる、それなら『インデックスは魔術を使えない』なんて言ってた教会が嘘《うそ》ぶっこいてたってだけだろうが！」上条は光の柱を吹き飛ばしながら叫んだ。「ああそうだよ、『インデックスは一年置きに記憶を消さなきゃ助からない』ってのも大嘘だ！　コイツの頭は教会の魔術に圧迫されてただけなんだ、つまりソイツを打ち消しちまえばもうインデックスの記憶を消す必要なんかどこにもなくなっちまうんだよ!!」

じりじり、と。上条の足が後ろへ下がる。

畳《たたみ》に食い込んだ指を引き剝《は》がすように、さらに光の柱の威力が悪夢のように倍加していく。

「冷静になれよ、冷静に考えてみろ！　禁書目録《インデックス》なんて残酷なシステム作りやがった連中が、テメエら下っ端に心優しく真実を全部話すとか思ってんのか！　目の前にある現実《リアル》を見ろ、何ならインデックス本人に聞いてみりゃ良いだろうが!!」

二人の魔術師は、呆然《ぼうぜん》と亀裂《きれつ》の向こう――――インデックスの方を見たようだった。

「――『聖《セント》ジョージの聖域』は侵入者に対して効果が見られません。他の術式へ切り替え、引き続き『首輪』保護のため侵入者の破壊を継続します」

それは間違いなく二人の魔術師の知らないインデックスだっただろう。

それは間違いなく教会に教えられなかったインデックスだっただろう。

「……、」

ステイルはほんの一瞬、本当に一瞬だけ、奥歯が砕けるほど歯を食いしばって、

「――Fortis931」

その漆黒の服の内側から、何万枚というカードが飛び出した。

炎のルーンを刻んだカードは台風のように渦を巻き、あっという間に壁や天井《てんじょう》や床を隙間《すきま》なく埋めていく。それこそ、まるで耳なし芳一《ほういち》のように。

だが、それは上条《かみじょう》を救うためではない。

インデックスという一人の少女を助けるために、ステイルは上条の背中に手を突きつけた。

「曖昧《あいまい》な可能性なんて、いらない。あの子の記憶を消せば、とりあえず命を助ける事ができる。僕はそのためなら誰《だれ》でも殺す。いくらでも壊す！　そう決めたんだ、ずっと前に」

ギチリ、と。ずっと押し負けていた上条の足が、不意に止まった。

信じられないほどの力に、足の指が食い込んでいる畳《たたみ》がギチギチと悲鳴をあげた。

「とりあえず、だぁ？」上条は、振り返らない。「ふざけやがって、そんなつまんねぇ事はどうでも良い！　理屈も理論もいらねえ、たった一つだけ答えろ魔術師!!」

上条は、息を吸って、

「――テメエは、インデックスを助けたくないのかよ？」

魔術師の吐息が停止した。

「テメェら、ずっと待ってたんだろ？　インデックスの記憶を奪わなくても済む、インデックスの敵に回らなくても済む、そんな誰もが笑って誰もが望む最っ高に最っ高な幸福な結末《ハッピーエンド》ってヤツを！」

無理矢理に光の柱を押さえ続ける右手の手首が、グキリと嫌な音を発した。

それでも、上条は諦《あきら》められない。

「ずっと待ち焦がれてたんだろ、こんな展開を！　英雄がやってくるまでの場つなぎじゃねえ！　主人公が登場するまでの時間稼ぎじゃねえ！　他《ほか》の何者でもなく他の何物でもなく！　テメェのその手で、たった一人の女の子を助けてみせるって誓ったんじゃねぇのかよ⁉」

バキン、と右手の人差し指の爪《つめ》に亀裂《きれつ》が走り、真っ赤な鮮血が溢《あふ》れてきた。

それでも、上条は諦めたくない。

「ずっとずっと主人公になりたかったんだろ！　絵本みてえに映画みてえに、命を賭《か》けてたった一人の女の子を守る、そんな魔術師になりたかったんだろ！　だったらそれは全然終わってねえ‼　始まってすらいねえ‼　ちっとぐらい長いプロローグで絶望してんじゃねえよ‼」

魔術師の声が、消えた。

上条は、絶対に諦めない。その姿に、魔術師達は一体何を見たのか。

「——手を伸ばせば届くんだ。いい加減に始めようぜ、魔術師！」

グキリ、と上条《かみじょう》の右手の小指が妙な音を立てた。

不自然な方向に曲がって——折れた——と気づいた瞬間、恐ろしい勢いで襲いかかる光の柱は、ついに上条の右手を弾《はじ》き飛ばした。

上条の右手が、大きく後ろへ弾かれる。

完全に無防備になった上条の顔面に、凄《すさ》まじい速度で光の柱が襲いかかり、

「——Salvare000!!」

光の柱がぶつかる直前、上条は神裂《かんざき》の叫び声を聞いた。

それは日本語ではない、聞き慣れない言葉。けれど、似たような言葉を——いや、名前を上条は一度だけ聞いた事がある。学生寮で、ステイルと対峙《たいじ》した時。彼が『魔法』を使う時に必ず名乗るものだと言った——『魔法名』。

神裂の持つ、二メートル近い長さの日本刀が大気を引き裂いた。七本の鋼糸《ワイヤー》を用いる『七《なな》閃《せん》』が音を引き裂くような速度でインデックスの元へと襲いかかる。

だが、それはインデックスの体を狙《ねら》うものではない。

インデックスの足元――脆《もろ》い畳《たたみ》を七本の鋼糸《ワイヤー》が一気に切り裂いた。突然に足場を失った彼女はそのまま後ろへ倒れ込む。インデックスの『眼球』と連動していた魔法陣が動き、上条を狙《ねら》っていたはずの光の柱が大きく狙いを外す。

まるで巨大な剣を振り回すように、アパートの壁から天井《てんじょう》までが一気に引き裂かれた。夜空に漂う漆黒の雲までもが引き裂かれる。……いや、ひょっとすると大気圏の外にある人工衛星まで引き裂かれたかもしれない。

引き裂かれた壁や天井は、木片すら残さない。

代わりに、破壊された部分が光の柱と同じく純白の光の羽となった。はらはら、と。どんな効果があるかも分からない光の羽が何十枚と、夏の夜に冬の雪のように舞い散る。

「それは『竜王の吐息《ドラゴン・ブレス》』――伝説にある聖《セント》ジョージのドラゴンの一撃と同義です！　いかな力があるとはいえ、人の身でまともに取り合おうと考えないでください！」

神裂の言葉を聞きながら『光の柱』の束縛から逃れた上条は、床に倒れ込んだインデックスの元へ一気に走ろうとする。

だが、それより先にインデックスが首を巡らせた。

巨大な剣を振り回すように、夜空を引き裂いていた『光の柱』が再び振り下ろされる。

また、捕まる！

「──魔女狩りの王《イノケンティウス》！」

と、身構える上条《かみじょう》の前で炎が渦を巻いた。

人のカタチを取る巨大な火炎は、両手を広げて真正面から『光の柱』の盾となる。

まるで、罪から人を守る十字架の意味そのままに。

「行け、能力者！」ステイルの叫び声が聞こえた。「元々あの子の制限時間《リミット》は過ぎているんだ！　何かを成し遂げたいなら、一秒でも時間を稼ごうとするな!!」

上条は一言も答えない。背後を振り返る事もしない。

そんな事をする前に、ぶつかり合う炎と光を迂回《うかい》するようにインデックスの元へと走り寄った。ステイルは、それを願ったから。彼の言葉を聞き、そこに含まれる意味を知り、その裏にある気持ちの全《すべ》てを汲《く》み取ったから。

上条は走る。

走る!!

「──警告、第六章第十三節。新たな敵兵を確認。戦闘思考を変更、戦場の検索を開始……完了。現状、最も難度の高い敵兵『上条当麻《とうま》』の破壊を最優先します」

ブン!!　と『光の柱』ごとインデックスは首を振り回す。

だが、同時に魔女狩りの王も上条の盾になるように動いた。光と炎は互いが互いを喰《く》い潰《つぶ》し合いながら、破壊と再生を繰り返して延々とぶつかり合う。

上条は無防備となったインデックスの元へと、一直線に走り寄る。

あと四メートル。

あと三メートル、
あと二メートル！

あと一メートル!!

「ダメです――――――上!!」

全《すべ》てを引き裂くような神裂《かんざき》の叫び声。もう手を伸ばせばインデックスの顔の前にある魔法陣に触れられる、と思った矢先だった。上条は足を止めず、そのまま上を、天井《てんじょう》を見る。

光の羽。

インデックスの『光の柱』が壁や天井を破壊した後に生まれた、何十枚もの光り輝く羽。まるで粉雪のようにゆっくりと舞い降りてきたそれが、今まさに上条の頭上へ降りかかろうとしていた。

魔術を知らない上条でも何となく分かる。それが、たった一枚でも触れてしまえば大変な事になる事ぐらい。

そして、何十枚もの羽は、やはり上条の右手を使えば簡単に打ち消す事ができる事も。

だが、

「――警告、第二二章第一節。炎の魔術の術式を逆算に成功しました。曲解した十字教の教《モチ》義《しき》をルーンにより記述したものと判明。対十字教用の術式を組み込み中……第一式、第二式、第三式。命名、『神よ、何故私を見捨てたのですか《エリ・エリ・レマ・サバクタニ》』完全発動まで十二秒」

『光の柱』の色が純白から血のように赤い真紅へと変化していく。

魔女狩りの王《イノケンティウス》の再生スピードがみるみる弱まっていき、『光の柱』へと押されていく。

何十枚もの光の羽を一枚一枚右手で撃ち落としていたら、おそらく時間がかかりすぎる。インデックスに体勢を立て直される恐れもあるし、何より魔女狩りの王がそれまで保《も》たないと思う。

頭上には何十枚と舞う光の羽、

足元にはたった一つの想《おも》いすら利用され、糸で操られる一人の少女。

どちらかを救えば、どちらかが倒れるという、たったそれだけのお話。

もちろん、答えなんて決まっていた。

この戦いの中、上条当麻《かみじようとうま》は自分の身を守るために右手を振るっていた訳ではない。

ただ、たった一人の女の子を助けるために、魔術師と戦っていたんだから。

(この物語《せかい》が、神様《アンタ》の作った奇跡《システム》の通りに動いてるってんなら――――)

上条は握った拳《こぶし》の五本の指を思い切り開く。

まるで掌底《しようてい》でも浴びせるように、

(――――まずは、その幻想をぶち殺す!!)

そして、上条《かみじょう》は右手を振り下ろした。

そこにある黒い亀裂《きれつ》、さらにその先にある亀裂を生み出す魔法陣。

上条の右手が、それらをあっさりと引き裂いた。

本当、今まで何でこんなものに苦しめられていたのか笑いたくなるほどに。

あっさりと、水に濡《ぬ》れた金魚すくいの紙でも突き破るように。

「――警、こく。最終……章。第、零《ぜろ》――……。『首輪、』致命的な、破壊……再生、不可……消」

ブツン、とインデックスの口から全《すべ》ての声が消えた。

光の柱も消え、魔法陣もなくなり、部屋中に走った亀裂が消しゴムで消すように消えていき、
その時、上条当麻《とうま》の頭の上に、一枚の光の羽が舞い降りた。


上条はその瞬間、誰《だれ》かの叫び声を聞いたような気がした。

それがステイルか、神裂《かんざき》か、あるいは自分自身の声なのか、目を覚ました(かもしれない)インデックスの声だったのか、それすらも上条には分からなかった。

金槌《かなづち》で頭を殴られたように、全身の、指先一本に至るまで、たった一撃で全ての力を失った。

上条は未《いま》だ床の上に倒れているインデックスに覆《おお》い被《かぶ》さるように倒れ込んだ。

まるで降り注ぐ光の羽から彼女の体を庇《かば》うように。
粉雪が降り積もるように、何十枚という光の羽が上条の全身へと舞い降りた。
上条当麻は、それでも笑っていた。
笑いながら、その指先は二度と動かなかった。
この夜。
上条当麻は『死んだ』。

終　章　禁書目録の少女の結末　Index-Librorum-Prohibitorum.

大学病院の診察室で、小太りの医者はそう言った。

「何もないね？」

回転椅子《いす》の上でくるくる回っている医者は、自分がカエルに似ている事を自覚しているのか、胸元のＩＤカードに小さなアマガエルのシールが貼《は》り付けてある。

博愛主義なインデックスだったが、科学者だけは嫌いだった。

魔術師も変人ぞろいと言えばその通りだが、科学者はその上を行くと思う。

何でこんなヤツと二人っきりなんだと思うが、連れはいないのだから仕方がない。

連れは、いないのだから。

「患者《おきやく》さんでもない人に敬語を使うのもどうかと思うのでやめておくよ？　コイツは医者として君に贈る最初で最後の質問なんだけど、君は一体病院《ここ》に何しに来たんだい？」

そんな事は、インデックスにだって分からない。

本当に、誰《だれ》も。誰だって、本当の事は教えてくれなかった。

いきなり、今まで一年周期で記憶を消されてきたとか、その忌まわしい循環から救い出すために一人の少年が命を賭《か》けたとか、敵だと思ってた魔術師からそんな事言われても困る。

「それにつけても、学園都市《ウチのなか》にＩＤを持たない人間が三人もいたとはね？　謎《なぞ》の閃光《せんこう》に監視用の衛星が一基撃ち抜かれたそうだし、今ごろ風紀委員《ジャッジメント》はてんてこ舞いだね？」

それじゃ最初で最後の質問になってない、とインデックスは思う。

ＩＤ《あいでぃー》を持っていない人間が三人……一人はインデックス。残る二人はあの魔術師達だろう。今まで散々人を追い回してたくせに、人を病院に運ぶとさっさとどこかへ行ってしまった。

「ところで、その手にある手紙は彼らから贈られたものだよね？」

カエル顔の医者はインデックスの持っている、ラブレターでも入ってそうな封筒を見る。

インデックスはムッとして、ビリビリと強引に封筒を破って手紙を取り出した。

「っとっと？　それは君宛《あて》ではなくあの少年宛《あて》のものだと思うけど？」

いいんです、とインデックスは不機嫌そうに答えた。

大体、差し出し人が『炎の魔術師《ステイル＝マグヌス》』で『親愛なる上条当麻へ《Dear かみじょうとうま》』となっている時点で怪しすぎる。封筒に貼り付けられたハートのシールに殺気じみた悪意さえ感じてしまう。

ちなみに手紙には、

『挨拶《あいさつ》は無駄なので省かせてもらうよ。

まったくよくもやってくれたなこの野郎と言いたい所だけど、その個人的な思いの丈をぶつけてしまうと世界中の木々を残らず切り倒しても紙が足りなくなるのでやめておくよこの野郎』

こんな感じの便箋《びんせん》が八枚もあった。インデックスは無言で一枚一枚懇切丁寧《こんせつていねい》にグシャグシャと丸めて後ろへポイポイ投げ捨てる。自分の仕事場を汚されていく医者のカエル顔がどんどん困り顔になっていくが、泣く寸前のいじめられっ子みたいな妙な威圧感を全身から放つインデックスに何も言う事ができない。

と、九枚目——最後の便箋にこんな事が書いてあった。

『とりあえず、必要最低限の礼儀として、手伝ってもらった君にはあの子と、それを取り巻く環境について説明しておく。あとあと貸し借りとか言われても困るしね。次に会う時は敵対する時と決めているから。

科学者《きみたち》だけでは不安なので、医者のいない間に魔術師《ぼくたち》もあの子の事を調べてみたけど、問題はなさそうだ。上のイギリス清教の下した判断は、表向きなら『首輪』の外れたあの子を大至急連れ戻すようにって感じだけど、実際には様子見というのが正しいかな。僕個人としては、一瞬一秒でもあの子の側《そば》に君がいる事は許せないんだけど。

教会が用意した自動書記《ヨハネのペン》とはいえ、あの子は一〇万三〇〇〇冊の魔道書を用いて魔術を使った。そして、自動書記《ヨハネのペン》そのものが破壊された今、あの子は自分の意思で魔術を使えるかどうか。もし仮に、自動書記《ヨハネのペン》を失った事で『あの子の魔力が回復した』のなら、僕達も態勢を整えないといけない。

まぁ、魔力の回復なんてありえないとは思うけど。注意するに越した事はない、って所だね。一〇万三〇〇〇冊を自在に操る『魔神』ってのはそれぐらいの危険があるって事かな。

（ちなみに、これは別に諦《あきら》めて君にあの子を譲るという意味ではないよ？　僕達は情報を集め然《しか》るべき装備を整え次第、再びあの子の奪還に挑むつもりだ。寝首をかくのは趣味じゃないので、首は良く洗って待っているように）
P.S.それとこの手紙は読み終わると同時に爆発するようにしておいた。真相に気づいたとはいえ、勝手に「賭《か》け」に出た罰だ、その自慢の右手、指一本ぐらい吹っ飛ばしておきたまえ』
なんて書かれた挙げ句、手紙の最後にステイルお得意のルーン文字が刻んであった。

慌てて手紙を放り捨てると同時、クラッカーみたいな破裂音と共に手紙が粉々に弾《はじ》け飛ぶ。

「なかなか過激なお友達だね？　うん、液化爆薬でも染み込ませてあったのかな？」

そこで驚かない医者も相当にぶっ飛んでる、とインデックスは半分以上本気で思う。

けれど、インデックスも感情が麻痺《まひ》しているのか、それ以上の考えは浮かばない。

だから、ただ病院《ここ》へやってきた目的を果たす。

「あの少年の事なら、直接会って確かめた方が早い……と言いたい所だけどね？」

カエル顔の医者は、本当に面白そうに言った。

「本人の前でショックを受けるのも失礼だから、手っ取り早くレッスンワンだね？」

こんこん、と病室のドアを二回ノックした。

たったそれだけの仕草に、インデックスは心臓が破裂しそうになる。返事が返るまでの間にそわそわと掌《てのひら》についた汗を修道服のスカートでごしごし拭《ふ》いて、ついでに十字を切った。

はい？　と少年の声が返ってきた。

インデックスはドアに手をかけた所で、はい？　と言われたからにはここで『入って良い？』と聞くべきかと迷った。けれど逆にしつこい野郎ださっさと入ってくりゃ良いのにとか思われるのもなんか恐《こわ》い。すごくすごく恐い。

ギクシャクとロボットみたいにドアを開ける。六人一部屋の病室ではなく、一人一部屋の個室だった。壁も床も天井《てんじょう》も白一色のせいか、距離感がズラされて妙に広く感じられる。

少年は真っ白なベッドの上にいて、上半身だけ起こしていた。

ベッドの側《そば》の窓は開いていて、ひらひらと真っ白なカーテンが揺らいでいた。

い、いい、生きていた。

たったそれだけの事実に、インデックスは涙がこぼれるかと思った。今すぐ少年の胸に飛びつくべきか、それともあんな無茶をした事にまず頭を丸かじりするべきかちょっと迷う。

あの……、と頭にハチマキみたいに包帯を巻いた少年は、小さく首を傾《かし》げて、言った。

「あなた、病室を間違えていませんか？」


少年の言葉はあまりに丁寧で、不審そうで、様子を探るような声だった。

まるで、顔を見たこともない赤の他人に電話で話しかけるような声。

──あれは記憶喪失というより、記憶破壊だね？

凍《い》てつく夏の診察室で医者が放った言葉がインデックスの脳裏をよぎる。

──思い出を『忘れた』のではなく物理的に脳細胞ごと『破壊』されてるね？　あれじゃ思い出す事はまずないと思うよ？　まったく頭蓋骨《ずがいこつ》を開けてスタンガンでも突っ込んだのかい？


「……、っ」


インデックスは、小さく息を止める。視線が、どうしても下を向く。

超能力者が無理矢理に力を使い続けた反動、そしてインデックス自身が放った（らしい、はっきり言って彼女は全く覚えていない）光の攻撃は、一人の少年の脳を深く傷つけていた。

それが物理的な──つまりただの『傷』ならば、背中を斬《き》られたインデックスの時と同じく回復魔法でどうにかなるかもしれない。だが、透明な少年には幻想殺《イマジンブレイカー》しという名の右手があった。それは、モノの善悪を問わず、あらゆる魔術を打ち消してしまうのだ。

つまり、少年を治そうとしても、その回復魔法さえ打ち消されてしまう。

ある少年は、身体《からだ》ではなく精神《こころ》が死んだという、たったそれだけのお話。

あのう？　という、不安そうな、否、心配そうな少年の声。

インデックスは何故《なぜ》か、透明な少年がそんな声を出すのが許せなかった。

少年は自分のために傷ついた。なのに、少年が自分の事を心配するなんて、そんなのずるい。

インデックスは胸に込み上げる何かを飲み込むように息を吸う。

笑う事は、できたと思う。

少年はどこまでも透明で、インデックスの事なんて少しも覚えていなかった。

「あの、大丈夫ですか？　なんか君、ものすごく辛《つら》そうだ」

なのに、透明な少年は一発で完璧《かんぺき》な笑顔を打ち砕く。そう言えば、この少年はいつも笑顔の裏に隠れた本音を覗《のぞ》き込もうとするのだった。

「ううん、大丈夫だよ？」インデックスは、息を吐きながら、「大丈夫に、決まってるよ」

透明な少年はしばらくインデックスの顔を眺めていたが、

「……。あの、ひょっとして。俺《おれ》達って、知り合いなのか？」

その質問こそが、インデックスには一番辛い。

それはつまり、透明な少年は自分の事など何も分かっていないという証拠なのだから。

何も。本当に、何も。

うん……、と。インデックスは、ポツンと病室の真ん中に立ったまま、答えた。まるでマンガに出てくる小学生が宿題を忘れて廊下に立たされるような、そんな仕草だった。

「とうま、覚えてない？　私達、学生寮のベランダで出会ったんだよ？」

「——俺《おれ》、学生寮なんかに住んでたの？」

「……とうま、覚えてない？　とうまの右手で私の『歩く教会』が壊れちゃったんだよ？」

「——あるくきょうかいって、なに？　『歩く協会』……散歩クラブ？」

「…………とうま、覚えてない？　とうまは私のために魔術師と戦ってくれたんだよ？」

「——とうまって、誰《だれ》の名前？」

インデックスの口は、あと少しで止まってしまいそうだった。

「とうま、覚えてない？」

それでも、これだけは聞いておきたかった。

「インデックスは、とうまの事が大好きだったんだよ？」

ごめん、と透明な少年は言った。

「インデックスって、何？　人の名前じゃないだろうから、俺、犬か猫でも飼ってるの？」

うえ……、と。インデックスは『泣き』の衝動が胸の辺りまでせり上がってくる。

けれど、インデックスは全《すべ》てを噛《か》み殺し、飲み込んだ。

飲み込んだまま、笑う。完璧《かんぺき》な笑みとはほど遠い、ボロボロの笑顔にしかならなかったけど、

「なんつってな、引ーっかかったぁ！　あっはっはーのはーっ!!」

はえ……？　とインデックスの動きが止まった。

透明な少年の不安そうな顔が消えている。まるでぐるんと入れ替わったように犬歯剝《む》き出しの、獰猛《どうもう》で超邪悪な笑みが広がっている。

「犬猫言われてナニ感極まってんだマゾ。お前はあれですか、首輪趣味ですか。ヲイヲイ俺《おれ》ぁこの歳《とし》で幼女監禁逮捕女の子に興味があったんですエンドを迎えるつもりはサラサラねーぞ」

透明な少年には、いつの間にか色がついていた。

インデックスには訳が分からない。幻覚かと思って両目をごしごし擦《こす》り、幻聴かと思って小指で耳の穴をほじってみる。何だかサイズがぴったり合ってるはずの修道服の肩が片方ずるっとずり落ちているような錯覚に陥る。

「あれ？　え？　とうま？　あれ？　脳細胞が吹っ飛んで全部忘れたって言ってたのに……」

「……なんか忘れてた方が良かったみてーな言い方だなオイ」上条《かみじょう》はため息をついて、「お前も鈍《にぶ》チンだね。確かに俺は最後の最後、自分で選んで光の羽を浴びちまった。それにどんな効果があったかなんて魔術師でもねえ俺には分からねーけど、医者の話じゃ脳細胞が傷ついてん

だってな。だったら記憶喪失になっちまうはずだったってか?」

「はず、だった?」

「おうよ。だってさ、その『ダメージ』ってのも魔術の力なんだろ?」

あ、とインデックスは思わず声に出してしまった。

「そういう事さ。そういう事です、そういう事なの三段活用。だったら話は簡単だ、自分《テメエ》の頭に右手を当てて、自分《テメエ》に向かって幻想殺し《イマジンブレイカー》をブチ当てちまえば問題ねえ」

ああ、とインデックスはへなへなと床の上に座り込んでしまった。

「ようは、体の中に走るダメージが脳に届く前に、その『魔術的なダメージ』を打ち消しちまえば良いってだけだろ? ま、ステイルの炎みてーな『物理現象』っぽかったらアウトだろうけど、『光の羽』なんて『良く分からない異能の力のまま』なら問題あるまい」

例えば火の点《つ》いた導火線だって、爆弾に届く前に導火線を切れば爆発しないように、上条は身体《からだ》を走る衝撃《ダメージ》が脳に伝わる前に、その衝撃そのものを打ち消した、という話。

ムチャクチャすぎる。

ムチャクチャすぎるけど、そう言えばこの少年の右手《イマジンブレイカー》は神様の奇跡《ルール》さえ打ち消せるんだった。呆然《ぼうぜん》と、ただ呆然と。床の上でぺたりと女の子座りしたインデックスは上条の顔を見上げた。

断言できる、絶対修道服の肩はずり落ちてる。それぐらい間抜けな顔になっている。

「ぷっぷくぷー。それにしたってお前の顔ったらねーよなー。普段さんざん自己犠牲《ボランティア》で人を振り回してたお前の事だ、今回の事でちったぁ自分見直す事できたんじゃねーの?」

……、インデックスは何も答えない。

「――――って、あれ? ……あのー」

上条《かみじょう》は流石《さすが》に不安になってちょっと声のトーンを落としてみる。

インデックスの顔がゆっくりと俯《うつむ》いていき、長い銀色の前髪で表情が隠れる。

女の子座りで肩が小刻みにぷるぷる震えている。何だか知らないけど歯を食いしばってる。

果てしなく嫌なトーンに、上条は思わず探りを入れてみた。

「えっと、一つお尋ねしたいんですが、よろしいでございますか姫?」

なに? とインデックスは答える。

「あの、もしかして……本気で怒って、ます?」

ナースコールがぷーぷー鳴る。

頭のてっぺんを思いっきり丸かじりされた少年の絶叫が病棟中に響き渡る。

ぷんぷん、という擬音《ぎおん》が似合いそうな動きでインデックスは病室を出て行った。

　おっと？　という声が入口の辺りで聞こえる。どうやら入れ替わりに入ってこようとしたカエル顔の医者が飛び出してきたインデックスとぶつかりそうになったらしい。

「ナースコールがあったからやってきたけど……あー、これはひどいね？」

　少年はベッドから上半身だけずり落ちて、頭のてっぺんを両手で押さえて泣いていた。死ぬ、これはホントに死ぬ、という独り言がなんかリアルで恐《こわ》い。

　医者はもう一度だけ開いたドアから廊下を見たが、首を戻して病室にいる上条を見た。

「けど、あれで良かったのかい？」

　何がですか、と少年は答える。

「君、本当は何も覚えていないんだろう？」


　透明な少年は黙り込む。

　一人の少女に話して聞かせたほど、神様の作った現実《リアル》は優しくも温かくもなかった。

　魔術の結果、アパートの中で倒れた少年とインデックスを病院に運んだのは魔術師を名乗る二人の男女だった。彼らは医者にこれまでの経緯《いきさつ》を話し、医者はそれを信じなかったが、少年に対しては彼の知る権利を尊重してそのまま話して聞かせただけにすぎない。

　そんなものは、他人の日記を読んでいるのと何も変わらない。

他人の日記の中で、顔と名前の一致しない女の子がどう活躍しようが知った事ではない。

今の話は、他人の日記を元に思い描いた単なる作り話にすぎなかった。

この包帯だらけの右手に神様の奇跡《ルール》さえ殺せる力が宿っているとか言われても、信じられるはずがなかった。

「けど、あれで良かったんじゃないんですか」

透明な少年はそう言った。

他人の日記のくせに、それはとても楽しくて、とても辛《つら》かった。

失われた思い出はもう帰ってこないのに、
何故《なぜ》だか、それはとても哀《かな》しい事なんだと思う事が、できたから。

「俺《おれ》。なんだか、あの子にだけは泣いて欲しくないなって思ったんです。そう思えたんですよ。これがどういう感情か分からないし、きっともう思い出す事もできないだろうけど、確かにそう思う事ができたんです」

透明な少年は、本当に何の色もなく笑っていた。

「先生こそ、どうしてあんな話を信じたんです？　魔術師とか魔法とか、お医者さんには一番遠い存在じゃないですか？」

「そうでもないんだね？」医者はカエル顔に得意そうな色を浮かべ、「病院とオカルトは割と密接な関係なのさ？　……別に病院に幽霊が出るとか、そんな話じゃないよ？　宗教によっては輸血もダメ、手術もダメ、命を助けても裁判沙汰《ざた》、なんて事もあるからね？　医者にとってオカルトっていうのは、『とりあえず患者の言う通りにしておけ』って意味なんだよ？」

医者は笑っていた。

自分が何で笑っているのか分からない。笑みを浮かべる少年を見ると、まるで鏡のように自分も笑ってしまうのだった。

いや、一体どちらが『鏡』なのか。

それぐらい、少年の笑みには何もない。哀《かな》しい、と感じる事もできないぐらい、少年は、どこまでも透明だった。

「案外、俺はまだ覚えてるのかもしれないですね」

カエル顔の医者は、少しびっくりしたように透明な少年を見た。

「君の『思い出』は、脳細胞ごと『死んで』いるはずだけどね？」

我ながらつまらない事を言ってるな、と医者は思う。

けれど、医者は言った。

「パソコンで言うならハードディスクを丸ごと焼き切ったって状態なのに。脳に情報が残ってないなら、一体人間のどこに思い出が残ってるって言うんだい？」

なんとなく、この少年の答えは。

そんなつまらない理屈など、一発で吹き飛ばしてくれるかも、と思ったから。

「どこって、そりゃあ決まってますよ」

透明な少年は答える。

「――心に、じゃないですか？」

あとがき

はじめまして、鎌《かま》池《ち》和《かず》馬《ま》です。

自分の事をペンネームで呼ぶ事に猛烈な恥ずかしさを感じる今日この頃《ごろ》です。ネットをやった事がある方なら、生まれて初めて自分のハンドルネームを公開した時……と言えばニュアンスが伝わるかもしれません。

思えば、本書のきっかけとなったのもネットでした。

RPGなどに出てくる『魔法使い』はMP消費で火の玉から死体の蘇生《そせい》まで何でもこなす『魔法だから何でもあり』な便利屋さんですが、じゃあ実際にいた（とされる）歴史上の魔法使いってどんな人？　まほーまほーと言うけれど、実際どんな理屈で何をやってたの？　という疑問を解消すべく、検索エンジンに『魔術師』『実在』などの文字をパチパチ打って調べまくったのが事の始まりです。

それで、『マタタビの粉末を使った黒猫の操り方』とか、『ブードゥーの呪術師《じゅじゅつし》はフグの毒を使って仮死状態のゾンビを作る』とか、あれ？　オカルトって割には仕組みは科学っぽいぞ？　という辺りに興味を持った訳で。

ライトノベルで『魔法』を当たり前のように扱ってる電撃文庫で、その『魔法』について深く突っ込んだ作品っていうのも新しいかも、という流れにあいなりました。

……ていうか、『読者層を考慮したマーケティング調査（＝きゃっちーなネタ探し）』を丸っきりぶっ飛ばした趣味の一品ですね。付き合ってくださった担当の三木《みき》さん、イラストの灰村《はいむら》キヨタカさんには一生頭が上がりません。本当にありがとうございます。

そしてこの本を手に取ってくださった読者の皆さん、長々とした文章をここまでお付き合いいただき、まことにありがとうございました。

あなたの心の中に上条当麻《かみじょうとうま》やインデックスが少しでも長く生き続ける事を願い、

ついでに二巻も出せますようにと祈りつつ、

本日は、この辺りで筆を置かせていただきます。

……………………………………実はまだ二〇〇三年、十二月二六日

鎌池《かまち》和馬《かずま》

本書に対するご意見、ご感想をお寄せください。

■

あて先

〒102-8584 東京都千代田区富士見1-8-19
アスキー・メディアワークス電撃文庫編集部
「鎌池和馬先生」係
「灰村キヨタカ先生」係

■

電撃文庫

とある魔術《まじゅつ》の禁書目録《インデックス》

鎌池和馬《かまちかずま》

発　行	2004年4月25日　初版発行 2018年9月25日　83版発行
発行者	郡司 聡
発行所	株式会社KADOKAWA 〒102-8177　東京都千代田区富士見2-13-3
プロデュース	アスキー・メディアワークス 〒102-8584　東京都千代田区富士見1-8-19 03-5216-8399（編集） 03-3238-1854（営業）
装丁者	荻窪裕司 (META＋MANIERA)
印刷	株式会社暁印刷
製本	株式会社ビルディング・ブックセンター

ISBN978-4-04-866304-5　C0193　Printed in Japan

電撃文庫　http://dengekibunko.jp/
株式会社KADOKAWA　http://www.kadokawa.co.jp/

電撃文庫創刊に際して

文庫は、我が国にとどまらず、世界の書籍の流れのなかで〝小さな巨人〟としての地位を築いてきた。古今東西の名著を、廉価で手に入りやすい形で提供してきたからこそ、人は文庫を自分の師として、また青春の想い出として、語りついできたのである。

その源を、文化的にはドイツのレクラム文庫に求めるにせよ、規模の上でイギリスのペンギンブックスに求めるにせよ、いま文庫は知識人の層の多様化に従って、ますますその意義を大きくしていると言ってよい。

文庫出版の意味するものは、激動の現代のみならず将来にわたって、大きくなることはあっても、小さくなることはないだろう。

「電撃文庫」は、そのように多様化した対象に応え、歴史に耐えうる作品を収録するのはもちろん、新しい世紀を迎えるにあたって、既成の枠をこえる新鮮で強烈なアイ・オープナーたりたい。

その特異さ故に、この存在は、かつて文庫がはじめて出版世界に登場したときと、同じ戸惑いを読書人に与えるかもしれない。

しかし、〈Changing Times,Changing Publishing〉時代は変わって、出版も変わる。時を重ねるなかで、精神の糧として、心の一隅を占めるものとして、次なる文化の担い手の若者たちに確かな評価を得られると信じて、ここに「電撃文庫」を出版する。

1993年6月10日
角川歴彦

電撃文庫

埋葬惑星 The Funeral Planet
山科千晶
イラスト／昭次

埋葬惑星ドールランド。猫型アンドロイドのジョーイは主人の亡骸を宇宙に放つべく、星に不法侵入した青年の協力を得ることにしたが……。期待の新人登場！

や-5-1 0919

機械仕掛けの蛇奇使い
上遠野浩平
イラスト／緒方剛志

鉄球に封じ込められた古代の魔獣バイパー。この〝戦闘と破壊の化身〟が覚醒する時、若き皇帝ローティフェルドの安穏とした日々は打ち砕かれ、そして――。

か-7-16 0916

デュラララ!!
成田良悟
イラスト／ヤスダスズヒト

池袋にはキレた奴らが集う。非日常に憧れる高校生、チンピラ、電波娘、情報屋、闇医者、そして〝首なしライダー《デュラハン》〟。彼らは歪んでいるけれど――恋だってするのだ。

な-9-7 0917

めがねノこころ
ゆうきりん
イラスト／いぬぶろ

ボディガードはめがねの少女!? 健全な男子高校生・瞳の許にやってきた一人の女の子。その子の目的は瞳の体を護ること!? ゆうきりんの学園コメディ登場！

ゆ-1-5 0877

めがねノこころ2
ゆうきりん
イラスト／いぬぶろ

めがねっ娘ロシィとゴスロリ少女アリシアにボディガードされることになった主人公・高幡瞳の前に現れたのは、姿が見えない裸の少女!? 学園ラブコメ第2弾！

ゆ-1-6 0923

電撃文庫

AHEADシリーズ
終わりのクロニクル①〈上〉
川上 稔
イラスト／さとやす(TENKY)

10の異世界との概念戦争が終結して60年……。そして今、最後の存亡を賭けた〝全竜交渉〟が始まる！ 川上稔が放つ待望の新シリーズ、いよいよスタート！

か-5-16 0799

AHEADシリーズ
終わりのクロニクル①〈下〉
川上 稔
イラスト／さとやす(TENKY)

初めての戦闘を経て、佐山御言は1st-Gとの全竜交渉を成功させることができるのか？ そして彼が知る新たな真実とは？「AHEADシリーズ」第1話完結。

か-5-17 0811

AHEADシリーズ
終わりのクロニクル②〈上〉
川上 稔
イラスト／さとやす(TENKY)

1st-Gとの全竜交渉を終え、日本神話の概念を持つ世界2nd-Gと交渉を始める佐山。しかし、その裏では〝軍〟と名乗る不気味の者達も動き始めていた！

か-5-18 0855

AHEADシリーズ
終わりのクロニクル②〈下〉
川上 稔
イラスト／さとやす(TENKY)

60年前に滅び、Low-Gに帰属した2nd-Gの人々。だが、過去の遺恨を残した彼らとの交渉は新たな戦闘を生む。その中で、2nd-Gの人々と新庄姉弟が出す結論とは⁉

か-5-19 0864

AHEADシリーズ
終わりのクロニクル③〈上〉
川上 稔
イラスト／さとやす(TENKY)

神々の力を持つ人々が創り上げた自動人形と武神の世界3rd-G。二つの穢れを持つというこの世界に、佐山達の全竜交渉の行方は……⁉ 第3話スタート！

か-5-20 0920

電撃文庫

放課後のストレンジ ユージュアル・デイズ
大崎皇一
イラスト／山本 京

ストレンジに触れたものは、異質な存在となる——。私立六陸学院の神代皇莉を取り巻く生徒たちが起こすストレンジな出来事とは？ 気鋭の新人デビュー作！

お-6-1 0751

放課後のストレンジ2 サムシング・ビューティフル
大崎皇一
イラスト／山本 京

私立六陸学院のストレンジは、百桃雛子の精神世界でうごめいた。彼女のもう一人の人格が覚醒したとき、異能力者である皇莉は奇妙な世界に巻き込まれた……。

お-6-2 0786

スクライド 新しき盟約
兵頭一歩
イラスト／平井久司

〝ロストグラウンドの悪魔〟の異名を持つアルター能力者・カズマと劉鳳。その宿命の物語……。大人気アニメがついにノベルになって登場！

ひ-3-1 0667

スクライド・アフター
兵頭一歩
イラスト／平井久司

壮絶なラストバトルを経たカズマ。いまだ彷徨う彼の前に、一人の男が立ちはだかる。名はユウ。ソイツはなぜか〝速さ〟にこだわった……。

ひ-3-2 0730

スクライド・アフター②
兵頭一歩
イラスト／平井久司

シェリスという片翼を持つ孤高の男・劉鳳は、ただがむしゃらに背負い続ける。ロストグラウンドの人々の生活を。そして魂までも。彼の信念は突き抜け続ける。

ひ-3-3 0793